KB169679

사회주의 ABC

The ABCs of Socialism

사회주의 ABC

The ABCs of Socialism

바스카 순카라 외 지음
필 링글래스워스 일러스트
한형식 옮김

지은이

에릭 올린 라이트 Erik Olin Wright
위스콘신 메디슨대학교 사회학과 교수, 《자본주의의 대안: 민주적 경제를 위한 제안들Alternatives to Capitalism: Proposals for a Democratic Economy》 저자.

에이데이너 우스마니 Adaner Usmani
뉴욕대학교 대학원생, '새로운 정치 위원회New Politics' 활동가.

바스카 순카라 Bhaskar Sunkara
〈자코뱅Jacobin〉 설립 편집자이자 발행인.

마이클 A. 매카시 Michael A. McCarthy
마케트대학교 사회학과 조교수.

조셉 M. 슈워츠 Joseph M. Schwartz
'미국민주사회주의Democratic Socialists of America' 부의장, 템플대학교 정치학과 교수.

나이베디타 마줌다르 Nivedita Majumdar
존제이칼리지 영문학과 조교수, 뉴욕시립대학교 교직원 노조 서기.

키앙가 야마타 테일러 Keeanga-Yamahtta Taylor
프린스턴대학교 아프리카계 미국인 연구소 조교수, 《'흑인의 생명도 소중해'부터 흑인 해방까지From #BlackLivesMatter to Black Liberation》 저자.

크리스 메이사노 Chris Maisano
〈자코뱅〉 객원 편집자, 뉴욕의 노조 상근자.

니콜 아쇼프 Nicole Aschoff
〈자코뱅〉 책임 편집자, 《자본의 새로운 예언자The New Prophets of Capital》 저자.

알리사 배티스토니 Alyssa Battistoni
〈자코뱅〉 편집자, 예일대학교 정치학 박사 과정.

조나 버치 Jonah Birch
뉴욕대학교 사회학과 대학원생, 〈자코뱅〉 객원 편집자.

비벡 치버 Vivek Chibber
뉴욕대학교 사회학과 교수, 《탈식민 이론과 자본의 유령Postcolonial Theory and the Specter of Capital》 저자.

대니 캐치 Danny Katch
〈소셜리스트 워커Socialist Worker〉 필진, 《사회주의를 심각하게Socialism... Seriously》 저자.

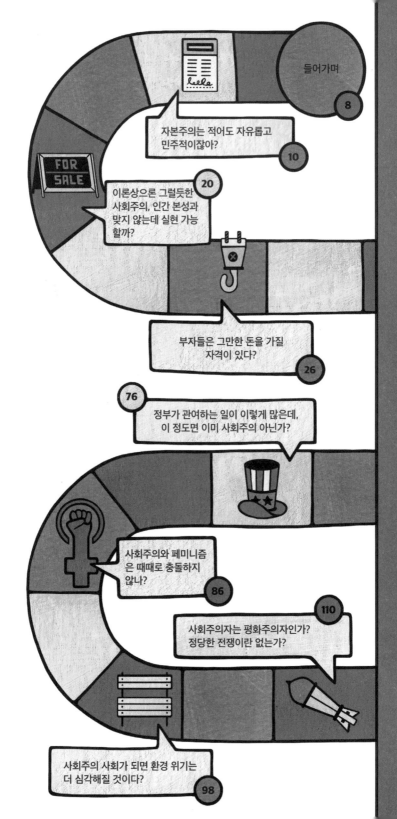

Contents

차례

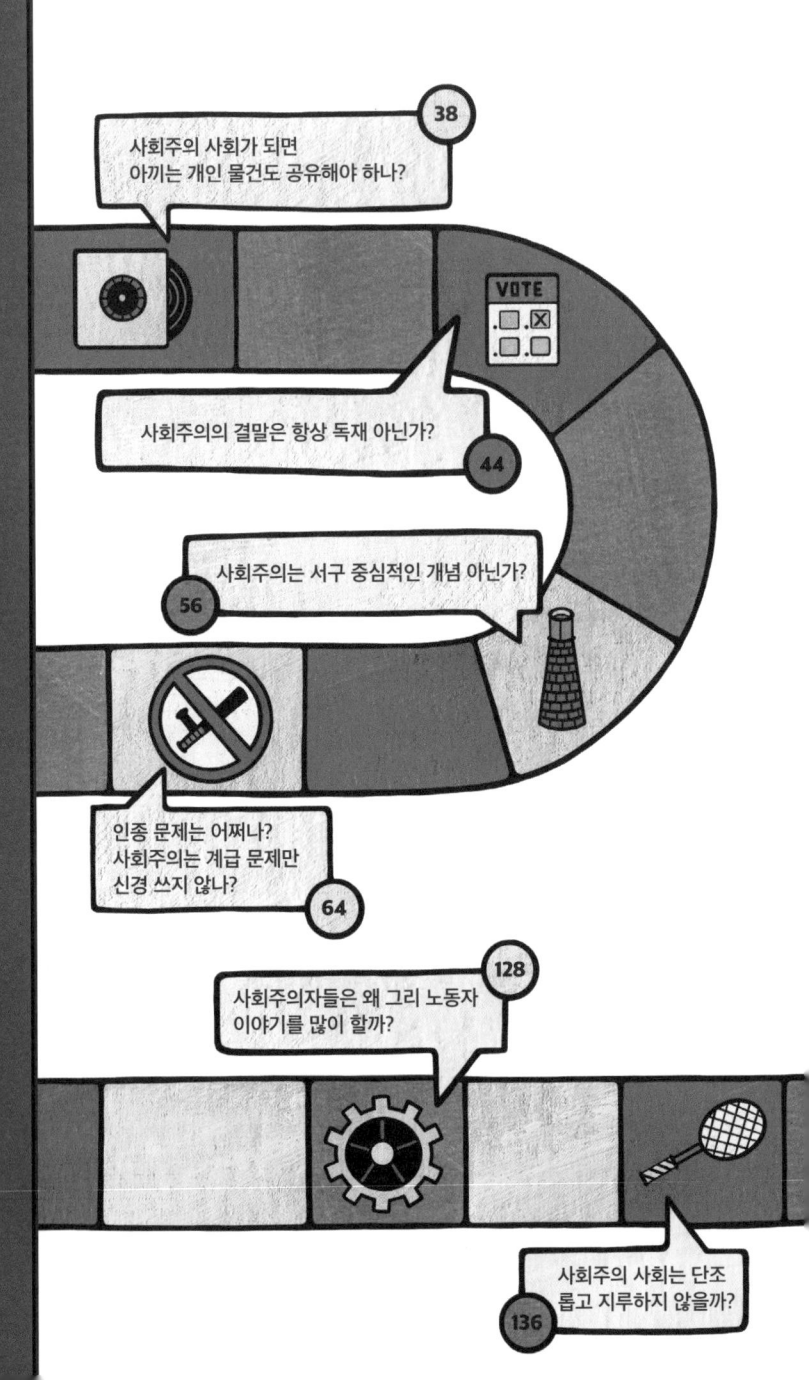

한 세기 전만 해도 사회주의는 미국 정치에서 대세가 될 것처럼 보였다.

사회당은 1912년 대통령 선거에서 거의 100만 표를 얻었고, 천 명 이상의 사회주의자들을 공직 선거에 당선시켰다. 버클리, 플린트, 밀워키, 스케넥터디의 시장이 모두 사회주의자였다. 하원 의원 빅터 버거victor berger와 수십 명의 주 정부 관리들도 사회주의자였다.

1912년에 오클라호마 주에만 11개의 사회주의 주간지가 있었다. 맨해튼 동남부의 유대인 거주지에서부터 서부 탄광촌까지 미국의 여러 지역에서 '협동 사회Cooperative Commonwealth'는 다른 모든 정치적 주장과 비견할 만한 정치적 이상이었다.

그 사회는 결국 실현되지 않았고 그 후 수십 년은 좌파에게 고난의 시절이었다. 물론 여전히 봉기가 일어나고 승리하기도 했으며, 억압과 착취에 저항하는 운동을 건설하면서 사회주의자들은 잘 행동해 왔다. 그러나 21세기에 들어서면서 사회주의는 미국 역사에서 살아 있는 흐름이라기보다는 죽어 가는 한 부분처럼 느껴졌다.

그런데 버니 샌더스의 선거 운동 그리고 민주주의와 자유를 위한 새로운 운동이 등장하면서 이 분위기가 변하는 것 같다. 2016년 일어난 모든 일은 '민주당원 샌더스'의 등장을 가리키고 있다. 이 분위기를 이끄는 이들은 주로 젊은이들이고 부와 권력의 대규모 재분배를 요구한다. 샌더스는 단지 시작일 뿐이다. 이 세력은 다른 정치를 위한 투쟁을 계속

할 것이다.

　최근 6개월 동안 우리는 친구든 낯선 사람이든 가리지 않고, 지난 6년간 만났던 사람들보다 더 많은 사람을 만나 사회주의에 관해 얘기했다. 〈자코뱅〉 구독자는 매주 수백 명씩 늘었고 우리의 이메일은 사회주의 기본 개념을 묻는 질문으로 가득 찼다.

　우리가 모든 질문에 답할 순 없지만, 그중 몇 가지의 질문에 대답하기 위해 이 책을 썼다. 《사회주의 ABC》는 앞으로 유용할 것이다. 미래 세대의 급진주의자들을 위한 입문서로도 쓸모 있겠지만, 훗날 사람들이 오늘날을 사회주의적 좌파가 다시 한번 희망으로 가득 찼던 시기로 회상할 유물로만 사용할 수 있다. 그 끝이 어떨지는 우리에게 달려 있다.

Q: 자본주의는 적어도
자유롭고 민주적이잖아?

- 에릭 올린 라이트 -

미국에서는 많은 이들이 자유와 민주주의는 당연히 자본주의와 분리할 수 없다고 생각한다. 밀턴 프리드먼Milton Friedman은 더 나아가 그의 책《자본주의와 자유》에서 자본주의가 자유와 민주주의 둘 다의 필수 조건이라고까지 주장했다.

자본주의가 등장하고 확산하면서 개인의 자유가 확대되고, 결국 더 민주적인 형태의 정치 조직을 위한 투쟁이 함께 나타난 것도 분명 사실이다. 그래서 자본주의가 자유와 민주주의를 근본적으로 가로막는다는 주장은 이상하게 들릴 수 있다.

자본주의 때문에 자유와 민주주의가 번성하지 못한다는 주장이 자본주의가 모든 경우에 자유와 민주주의에 반한다는 말은 아니다. 이 주장은 자본주의가 가장 기본적인 역할을 하기만 해도 절대 스스로 고칠 수 없는 결함을 자유와 민주주의 둘 다에 일으킨다는 뜻이다. 자본주의는 제한적 형태의 자유와 민주주의의 등장을 촉진했으나 그마저도 더는 실현될 수 없게 만들었다.

자유와 민주주의의 핵심은 자기 결정이다. 즉 사람들은 자신의 삶의 조건을 가능한 한 완전하게 결정할 수 있어야 한다. 한 사람의 행위가 자신에게만 영향을 미친다면 그는 다른 사람의 허락을 받지 않고도 그 행위를 할 수 있다. 이것이 자유가 실현되는 맥락이다. 그러나 어떤 행위가 다른 사람들의 삶에 영향을 끼친다면 영향 받는 사람들이 그 행위에 발언권을 가져야 한다. 이것이 민주주의가 실현되는 맥락이다. 두 경우 모두에서 최고의 관심사는 사람들이 삶의 모습을 스스로 결정할 때 가능한 한 많은 통제력을 갖는 것이다.

사실 한 사람의 모든 선택은 다른 사람들에게 영향을 끼친다. 다른 사람들과 관련된 모든 결정에 모두가 참여하는 것은 불가능하다. 또 그렇게 모두가 모든 일에 민주적으로 참여해야 한다고 주장하는 사회 체제는 사람들에게 감당할 수 없는 부담을 지울 것이다. 그러므로 우리에겐 자유의 문제와 민주주의의 문제를 구별하는 규칙 체계가 필요하다. 우리 사회에서 그런 구별은 주로 사적 영역과 공적 영역 사이의 경계를 기준으로 만들어진다.

사적인 것과 공적인 것 사이의 경계는 저절로 생기는 게 아니라 사회적 과정에 의해 형성되고 유지된다. 이 사회적

과정들은 복합적이고 서로 충돌하는 과제를 요구한다. 국가는 공적/사적 영역 사이의 경계들 중 어떤 것은 적극적으로 강제하고 어떤 것은 사회적 규범으로 유지되거나 해소되도록 내버려 둔다. 그래서 흔히 공적인 것과 사적인 것 사이의 경계가 불분명한 채로 남아 있다. 완전히 민주적인 사회라면 그 경계 자체가 민주적인 숙고로 결정될 것이다.

자본주의가 설정한 공적/사적 영역 사이의 경계는 개인의 진정한 자유 실현을 제약하고 의미 있는 민주주의의 전망을 축소한다. 이 점이 분명히 드러나는 다섯 가지 방식이 있다.

1. '일하거나 굶거나' 중 하나만 선택하는 건 자유가 아니다

자본주의의 근본은 사적으로 부를 축적하고 시장을 통해 이윤을 추구하는 것이다. 이런 '사적인' 활동의 결과인 경제적 불평등은 자본주의에 고유한 것이며 이는 철학자 필립 반 파레이스Philippe van Parijs가 "진정한 자유"라고 부른 또 다른 불평등을 만든다.

'자유'라는 말의 의미를 어떻게 사용하건 간에 그 말엔 "아니"라고 말할 능력이 반드시 포함돼야 한다. 부자는 임금을 받기 위한 노동을 하지 않겠다고 자유롭게 결정할 수 있다. 하지만 독립적인 생계 수단이 없는 가난한 사람은 그런 결정을 쉽게 할 수 없다.

그러나 자유의 가치는 이것 이상이다. 자유는 자신의 인생을 적극적으로 계획할 능력, 즉 단지 대답을 선택하는 것이 아니라 질문 자체를 선택하는 능력이다.

부유한 집 자녀들은 경력을 위해 무급 인턴을 할 수도 있다. 가난한 집 자녀들은 그럴 수 없다.

자본주의는 많은 이에게서 이런 의미의 진정한 자유를 빼앗는다. 물질적 자원과 자기 결정을 위해 필요한 자원은 맞바꿀 수 있으므로 풍요 속의 빈곤이 존재한다.

2. 자본가들이 결정한다

자본주의에서는 다수의 사람에게 영향을 끼치는 공적/사적 영역 사이의 경계를 정하는 핵심적 결정을 민주적으로 통제할 수 없다. 자본을 사적으로 소유할 권리에 동반되는 가장 근본적인 권리는 순전히 자기 이익에 근거해 투자하거나 철회할 권리다.

한 장소에서 다른 장소로 생산 시설을 옮기는 기업의 결정은 두 장소 모두에서 사람들의 삶에 근본적인 영향을 끼침에도 불구하고 사적인 문제다. 권력을 개인에게 이렇게 집중시키는 것이 자원의 효율적인 배치를 위해 필수적이라

는 주장도 있다. 하지만 이런 자본가들의 사적인 결정이 민주적 통제를 받지 않는다면 자본 소유자를 제외한 모든 사람의 자기 결정 능력은 명백하게 훼손된다.

3. 9시부터 5시까지 근무는 독재다

자본주의 기업은 작업장을 독재적으로 운영해도 괜찮다. 사업 소유주 권력의 핵심은 직원들에게 무슨 일을 시킬지 명령할 수 있는 권한이다. 그것이 고용 계약의 기초다. 일자리를 찾는 사람은 임금을 받는 대신 고용주의 명령에 따르겠다고 약속한다.

물론 어떤 고용주는 노동자에게 상당한 자율권을 주기도 하고 때로는 그것이 이윤을 극대화한다. 그러나 그런 자율권은 소유주 마음대로 주거나 빼앗을 수 있다. 자율권이 엘리트들의 마음에 달렸으므로 노동자에게는 제대로 된 자기 결정이 아니다.

자본주의 옹호자라면 노동자는 사장의 지시가 마음에 안 들면 언제든지 그만둘 수 있다고 반박할 것이다. 그러나 노동자는 말 그대로 독립적인 생계 수단이 없어서 일하는 사람이다. 그만두면 새 직장을 찾아야 한다. 그러나 그가 구할 수 있는 일거리는 자본가의 회사에만 있으므로 여전히 사장의 지시에 종속될 뿐이다.

4. 정부는 사적 자본가의 이익에 봉사해야만 한다

공공 기관들도 자본가의 이익에 우호적인 규칙을 시행하도록 끊임없이 압력을 받는다. 중요한 투자 결정을 자본가가 사적으로 통제하기 때문이다. 공공 정책을 둘러싼 토론은 언제나 투자를 철회하고 자본을 이동시키겠다는 위협 아래서 이뤄진다. 그래서 정치인들은 그들의 이념적 지향에 상관없이 '기업을 경영하기 좋은 풍토'를 유지하려고 노력한다.

한 계급의 시민들이 다른 모든 계급보다 우위를 차지하면 민주주의 가치들은 공허해진다.

5. 엘리트들이 정치 체제를 통제한다

마지막으로 부유한 사람들은 다른 사람들보다 정치권력에 접근하기 쉽다. 부에 기반을 둔 정치권력의 불평등은 나라마다 정도의 차이는 있지만 모든 자본주의적 민주주의에서 일어난다.

부자가 정치권력에 접근하는 구체적 방식은 아주 다양하다. 정치 캠페인에 후원금 내기, 로비 활동에 돈 대기, 엘리트들끼리의 다양한 관계망, 노골적인 뇌물과 다른 형태의 부패.

미국에서는 부유한 개인뿐만 아니라 자본주의적 기업도 정치적 목적에 사적인 자원을 사용하는 데 실질적인 제한을 받지 않는다. 정치권력에 대한 접근에 차별이 생기면 민주주의의 가장 기본적인 원칙이 무력해진다.

**

    이런 결과들은 자본주의 경제 체제에서 고질적으로 나타난다. 이런 현상들이 자본주의 사회에서 절대 개선될 수 없다는 말은 아니다. 자본주의에 의한 자유와 민주주의 훼손을 보완하기 위해 다양한 정책이 여러 곳에서 수차례 수립되었다.

    공적인 것과 사적인 것 사이의 엄격한 경계를 허무는 방식으로 사적 투자에 공적인 제한을 가할 수 있다. 공적 영역을 강화하고 국가가 적극적으로 투자하면 자본을 옮기겠다는 위협을 약화시킬 수 있다. 선거에 사적 재산을 사용하는 것을 제한하고 정치 캠페인에 공적으로 자금을 지원하면 부자와 정치권력의 유착을 줄일 수 있다. 노동법은 정치 영역과 작업장 모두에서 노동자들의 집단적 힘을 강화할 수 있다. 그리고 다양한 복지 정책들은 사적인 부에 접근하기 어려운 사람들의 진정한 자유를 증가시킬 수 있다.

    적절한 정치적 조건이 갖추어진다면 반민주적이고 자유를 제약하는 자본주의의 속성을 누그러뜨릴 수 있다. 그러나 그 속성이 완전히 제거될 수는 없다. 이런 식으로 자본주의를 길들이는 것이 전 세계에서 자본주의 경제 내의 사회주의자들이 옹호한 정책들의 중심 목표였다.

그러나 자유와 민주주의가 완전히 실현되려면 자본주의를 길들이는 것만으로는 안 된다. 자본주의는 극복되어야 한다.

A: 그렇게 보일 수도 있다.
하지만 진정한 자유와 민주주의는
자본주의와 함께 갈 수 없다.

Q: 이론상으론 그럴듯한 사회주의,
인간 본성과 맞지 않는데
실현 가능할까?

- 에이데이너 우스마니·바스카 순카라 -

"이론은 좋지만, 실현하긴 어렵지." 사회주의 그리고 착취와 위계가 없는 사회에 관심이 있다고 말하면 종종 이런 폄훼를 받는다. 물론 생각은 멋지게 들리지만 사람들이 그렇게 멋지지는 않잖아, 그렇지? 인간 본성, 즉 경쟁과 돈에 지배되는 본성에는 자본주의가 훨씬 더 적합하지 않을까?

사회주의자들은 이런 뻔한 얘기들을 믿지 않는다. 그들은 역사를 잔인함과 이기심의 연대기로만 보지 않는다. 그들은 수많은 공감, 상호 작용, 사랑의 행위들도 본다. 인간은 복잡하다. 인간은 차마 말로 못할 짓도 하지만 친절하게도 행동하고 심지어 어려운 환경에서도 타인에 깊은 배려를 보여주기도 한다.

인간은 변하기 쉽다거나 인간 본성 같은 것은 없다는 뜻은 아니다. 진보주의자들은 인간을 걸고 말하며 효용만 극대화하려는 존재로 보는 자본주의적 인간관을 반박할 때 종종 인간에게 본성이 없다고 주장하곤 한다. 이 반박은 좋은 의도에도 불구하고 너무 지나치다.

사회주의자들은 적어도 두 가지 이유에서 모든 인간이 어떤 중요한 이해관계를 공유한다는 견해를 믿는다. 첫째는 도덕적인 이유다. 오늘날의 사회가 그렇게 풍요로우면서도 식량과 집 같은 필수품도 제공하지 못하고 사람들을 보상도 없이 녹초로 만드는 저임금의 일자리에 가두어 발전할 수 없게 만든다고 고발하려면, 사회주의자들은 사람들을 움직이는 충동과 이해관계가 보편적으로 존재한다는 믿음(명시적이든 아니든 간에)에 근거해야 한다.

우리는 개인들이 자유롭고 충만한 삶을 살 권리를 부정당하면 분노한다. 그 분노는 사람들은 누구나 선천적으로 창의적이고 호기심이 많다는 생각 그리고 자본주의가 이런 자질을 자주 억압한다는 생각에 근거를 두고 있다. 간단히 말해 우리는 더 자유롭고 더 충만한 세계를 갈구한다. 왜냐하면 이것이 인간의 본성이기 때문이다.

그러나 사회주의자들이 인간의 보편적인 욕구에 관심을 가지는 이유가 이 때문만은 아니다. 인간 본성이라는 개념을 인정하면 우리는 주변의 세계를 더 잘 이해할 수 있다. 그리고 세상을 더 잘 해석하면 세상을 변화시키기 위한 우리의 노력에도 도움이 될 것이다.

사회주의자로서 우리의 중요한 과제는 이 운동들을 지원하고 더 많은 사람이 성공할 것이라 믿어 집단행동을 선택하도록 돕는 것이다.

마르크스의 이 말은 잘 알려져 있다. "지금까지 모든 사회의 역사는 계급 투쟁의 역사다." 착취와 억압에 대한 저항은 역사 내내 꾸준히 존재했다. 저항은 경쟁 또는 탐욕만큼이나 인간 본성의 일부다. 우리를 둘러싼 세계는 사람들이 자신의 생명과 존엄을 지켜 온 사례로 가득 차 있다. 사회 구조가 개별적 주체를 형성하고 제약하기도 하지만, 사람들의 권리와 자유를 완전히 짓누르고도 저항을 받지 않는 사회 구조는 없다.

물론 "지금까지의 모든 사회"의 역사는 수동성 그리고 묵인의 역사이기도 하다. 그에 비하면 착취와 억압에 대항한 대중의 집단적 행동은 드물다. 인간이 어디에서나 자신의 개인적 이해관계를 지키려 한다면 왜 우리는 더 많이 저항하지 않는가?

모든 사람이 자유와 충만을 원한다고 해서 항상 그것을 요구할 수 있는 건 아니다. 세상을 바꾸는 것은 쉬운 일이 아니다. 집단행동을 했을 때 겪게 될 위험이 대체로 너무 커 보이기 때문이다.

예를 들어 노동 조건을 향상하기 위해 노조에 가입하고 파업에 참여하는 노동자들은 사장의 감시를 받거나 심지어 해고될 수도 있다. 집단행동은 많은 개인이 이런 위험들을 함께 감수하기로 결정하는 것이다. 따라서 집단행동이 드물고 대부분 잠시만 유지된다는 것은 놀랄 일이 아니다.

달리 말하자면, 사회주의자들은 대중 운동이 일어나지 않는다고 해서 사람들이 맞서 싸우려는 타고난 욕망이 없다거나 더 나쁘게는 사람들이 자신들의 이해관계가 무엇인지조차 알지 못한다고 생각하지 않는다. 오히려 사람들이 영리하기 때문에 저항이 잘 일어나지 않는 것이다. 현재 정치 상황에서의 변화란 위험하고, 멀리 떨어진 희망임을 알기에 버텨 나갈 자신들만의 전략을 개발한 것이다.

그러나 사람들은 때때로 고양되고 모험을 하기도 한다. 그들은 진보적 운동을 아래로부터 조직하고 건설한다. 역사는 사람들이 착취에 대항해 싸운 사례로 가득하다. 그리고 사회주의자로서 우리의 중요한 과제는 이 운동들을 지원하고 더 많은 사람이 성공할 것이라 믿어 집단행동을 선택하도록 돕는 것이다.

이렇게 노력할 때―더 정의로운 사회의 가치를 만들기 위해 투쟁할 때―우리는 오히려 인간이 공유한 본성 덕분에 (상처가 아니라) 도움을 받게 될 것이다.

A: 우리 인간이 공유한 본성은 더 정의로운 사회를 만드는 데 도움이 될 것이다.

Q: 부자들은 그만한 돈을 가질
자격이 있다?

- 마이클 A. 매카시 -

세금 문제에 관한 열띤 논쟁에는 언제나 신기술로 재벌이 된 사람들, 대중의 사랑을 받는 연예인 그리고 뛰어난 운동선수들이 등장한다. "넌 아이폰을 싫어하는 거니? 해리포터는 어때?" 신자유주의 경제학자들은 스티브 잡스, 조앤 롤링J. K. Rowling, 르브론 제임스Lebron James 같은 사람들은 보통 사람보다 더 많은 돈을 벌어야 한다고 주장한다. 소비자인 우리는 그들의 제품을 사는 사람들이니까. 그런 논리에 따르면 더 많은 수익을 올리려는 동기에서 그들은 우리 중 가장 게으른 사람도 그 덕을 볼 수 있게 열심히 일하고 혁신한다.

이런 생각은 얼핏 보면 타당해 보이지만 그렇지 않다. 부자들에게 세금을 적게 물려야 한다고 주장하는 사람들은 엘리트들이 처음부터 종류가 다른 위대한 혁신자들이라는 인상을 주려고 일부러 신기술이나 연예 산업의 예만 선택한다. 그러나 미국에서 돈을 가장 많이 버는 CEO들의 목록을 슬쩍 보기만 해도 그렇지 않다는 것을 알 수 있다. 돈을 가장 많이 받는 경영자는 디스커버리 커뮤니케이션즈Discovery Communications의 데이비드 자슬라브David Zaslav다. 그는 2014년에 1억 5,000만 달러 이상을 받았다. 인류의 노력에 대한 그의 가장 위대한 공헌은 무엇일까? 〈허니 부부 나가신다Here Comes Honey Boo Boo〉(*저속하다는 평을 많이 받았던 미국의 리얼리티 프로그램으로 2012년부터 2014년까지 방영되었다)를 방송하도록 돕는 것이었다.

> 세금을 사회주의적으로 정당화할 근거는 자본가의 부가 실제로 어떻게 만들어졌느냐는 데서 찾아야 한다.

대부분의 사람은 이런 상황을 알고 부자들이 세금을 더 많이 내야 한다고 생각한다. 2015년 갤럽 여론 조사에 따르면 62%의 사람들이 상위 소득자들이 세금을 "너무 조금" 낸다고 믿으며, 단지 25%만이 부자들이 "공정한 몫"의 세금을 낸다고 생각한다. 69%의 사람들은 기업에 충분한 과세가 이뤄지지 않는다고 믿으며, 현행 세율에 만족하는 비율은 16%뿐이었다. 그러나 세금을 사회주의적으로 정당화할 근거는 자본가의 부가 실제로 어떻게 만들어졌느냐는 데서 찾아야 한다. 이것은 여론 조사에서는 잘 포착되지 않는다. 이

문제를 알아보기 위해 우리는 먼저 세금이 무엇이고 세금에 대한 비사회주의적인 생각은 무엇인지 이해해야 한다.

세금 정책은 자본주의 사회에서 두 가지 역할을 한다. 첫째, 세금은 경제적 파이 전체 중 얼마가 공공에 의해, 즉 정부 세입의 형태로 관리되어야 하는지, 그리고 얼마가 개인 그리고 기업과 같은 사적인 행위자들이 사용하도록 남겨져야 할지를 결정한다. 둘째, 세금은 그 공적인 몫을 서로 경쟁하는 개인, 조직, 그리고 기업 등의 필요와 요구에 따라 어떻게 분배할지를 규정한다. 첫 번째는 자원의 통제에 관한 것이고 두 번째는 배당의 문제다.

많은 세금을 거둔다 해도 정부가 그 돈을 진보적인 목적으로만 사용하는 것은 아니다. 보조금이나 국가가 지원하는 연구 개발을 통해 기업으로 흘러들어 가는 거대한 이익을 생각해 보라. 그러면 정부가 자원을 어떻게 재분배하는지 쉽게 알 수 있을 것이다. 자본주의 경제에서 생산적 자원은 사적으로 소유되는데 사회주의자들은 사회적 생산물의 상당 부분이 공적으로 통제되고 하위 계층에 민주적으로 재분배되기를 요구한다.

그러나 오늘날 미국에선 "과세는 도둑질이다"라는 자유지상주의적Libertarian 관점이 재산에 관한 보통 사람들의 생각 속에 깊이 스며들어 있다. 그래서 진보적인 과세를 지지하는 사람들조차 스스로 벌고 온전히 개인이 소유해야 하는 세전 소득이란 것이 있다는 전제를 받아들인다. 모든 사람이 "공정한 몫을 해야 한다"는 자유주의적^{Liberal} 신조조차도 공적인 의무 때문에 세금을 낸다는 생각을 암묵적으로 전제하고 있다. 노동자나 자본가나 똑같이 자신들의 세전 소득 일부를 사회의 향상을 위해 포기해야 한다는 것이다.

자유지상주의자들은 세전 소득이 개인이나 기업의 노력의 산물이므로 세전 소득에서 나온 세금은 자신들이 보기에 적합하게 사용되어야 한다고 주장한다. 이런 관점에서는 정부가 부자에게 더 높은 세율 적용을 민주적으로 결정했다 하더라도 과세는 근본적으로 부당한 것이 된다. 자유지상주의적 정치 철학자인 로버트 노직^{Robert Nozick}이 극단적으로 정식화한 것처럼 노동해서 번 돈에 세금을 매기는 것은 강제 노동과 마찬가지다.

진보주의자들이 그런 생각을 비판해 온 것은 타당했다. 그러나 사회주의자들은 개인이나 기업의 납세 능력이 세금의 액수를 결정한다는 자유주의적 과세 기준에 의존해서는 안 된다. 세금을 정당화하는 이 익숙한 논리는 좌파들 사이에도 널리 퍼져 있다. 그들은 거기서 "각자는 능력에 따라, 각자에게는 필요에 따라"라는 마르크스의 격언을 떠올린다.

이러한 관점은 두 가지 중 하나를 의미하는데 그 둘 다 정확하지 않다. 첫째, 세금은 과세 대상자에게는 일종의 필요악이다. 개인이나 기업의 세전 소득이 그들 자신의 노동의 결과라 하더라도 사회가 공적인 목적을 위해 그 소득의 일부에 과세하는 것이 사적인 통제에만 맡겨 두는 것보다 더

효과적이라는 것이다. 둘째, 부자에게 더 많이 과세하는 것은 그 자체로 공정하다. 이 두 견해는 우리를 자유지상주의에 빠지게 한다. 자유지상주의에 따르면 그런 세금 정책은 여전히 개인의 권리를 침해하는 것이 아닌가? 그렇다면 공정함이 개인의 권리보다 우선되어야 하는가? 과중한 진보적인 과세에 찬성하는 사회주의자들의 주장은 궁극적으로 개인의 권리를 침해하는 것 아닌가? 왜 사회주의자들은 자유를 그렇게 미워할까?

자본주의 사회 안에서의 재분배에 관한 사회주의적 관점은 거의 모든 세금 정책 논쟁에 깔린 핵심 전제를 거부해야 한다. 즉 세전 소득은 개인의 노력만으로 얻어진, 그리고 국가가 개입하기 전에는 사적으로 소유되어야 하는 어떤 것이라는 전제 말이다. 일단 우리가 이런 자유지상주의적 환상에서 벗어난다면 개인과 기업의 소득은 세금으로 돈을 댄 국가 행위를 통해서만 가능하다는 것을 쉽게 알 수 있다.

자본주의 경제는 자신을 스스로 규제할 수 없다. 회사가 이윤을 얻기 위해서는 가장 먼저 국가가 강제하는 소유권이 전제되어야 한다. 소유권은 어떤 사람들에게는 생산적인 자원을 소유하고 통제할 권리를 주고 다른 사람들은 배제한다. 두 번째로 정부는 기업이 필요로 하는 기술에 대한 수요가 충족되도록 노동 시장을 관리해야 한다. 국가는 이주와 교육 정책을 수립함으로써 이를 수행한다. 모든 자본주의 국가는 기업의 노동력이 부족해지는 위험이든 노동자가 일자리를 잃을 위험이든 간에 노동 시장의 위험을 완화하려 애쓴다. 세 번째로 대부분의 자본가는 시장의 상호 작용이 더 예측 가능하고 신뢰할 수 있는 것이 되도록 국가가 반독점법, 계약법, 형법, 재산법, 불법행위법을 시행하기 원한다. 마지막으로 자본주의는 제대로 작동하는 사회 기반 구조를 필요로 한다. 가장 자유지상주의적인 사람조차 국가가 화폐의 공급과 이자율을 통제해 경제 성장을 촉진하거나 제어해야 한다고 주장한다.

이 모든 것을 세금으로 한다. 간단히 말해 세전 소득 혹은 세전 이윤이라는 개념 자체가 장부상의 속임수일 뿐이다. 개인 소득이나 기업 이윤은 어느 정도는 세금을 거두고 개인과 기업이 돈을 벌 수 있는 환경을 적극적으로 만든 정부 활동의 결과다. 이런 틀에서 보면 "부자에게 과세하라"는 구호는 단순한 양심에 찬 외침이거나 공정함에 대한 요구만은 아니다.

사회주의가 과세와 진보적인 재분배를 보는 관점은 자본주의의 작동 방식 안에 있는 세 가지 기본 요인들에 근거한다. 첫째, 앞에서 살펴본 것처럼 개인의 소득과 기업의 이윤은 개인적인 노동과 기업 경쟁의 결과만이 아니라 더 폭넓은 사회적 산물의 일부다. 자본주의 사회에서 생겨난 전체 소득은 집단적인 사회적 노력의 결과로 특정한 사회적·법적 구조에 의해 가능해지고, 공적으로 기금이 조성되지만 사적으로 통제되고 운용되는 제도들을 통해 전달된다.

　둘째, 이러한 사회적 생산물을 만드는 데서 생긴 계급 불평등은 상대적이다. 자본가들이 많은 양의 부를 축적할 수 있는 것은 단지 노동자들이 축적할 수 없기 때문이다. 다른 조건이 다 똑같다면 기업은 그들이 부담하는 노동 비용에 반비례해서 이윤을 올릴 수 있다. 노동과 자본 사이의 이런 관계의 조건은 역시 정치적이며 세금으로 유지된다. 국가는 소유권과 사회의 생산적인 자원, 즉 생산 수단이 극소수의 수중에 유지되는 계약을 보장해 주고 기업은 그에 의존한다. 그 결과 자본주의에서 대부분은 다른 사람을 위해 일한다. 노동자는 자신을 위해 일할 다른 사람을 고용하지 않는다. 자본가는 노동자의 노력이 그들에게 주는 임금보다 더 많은 돈을 회사에 벌어 줄 것이라고 믿을 때만 노동자를 고용한다. 그러지 않는 것은 시장에서 자살 행위와 같다.

　물론 어떤 노동자들은 열심히 일하거나, 속임수를 쓰거나, 운이 좋아서 자본가가 될 수도 있다. 그러나 소수가 자산을 소유하는 자본주의 기본 구조 때문에 대다수는 일생 동안 기껏해야 임금을 받을 뿐 결코 이윤을 얻지는 못한다. 과세는 자본주의 사회의 이런 본질적이고 구조적인 불평등을 부분적으로나마 수정한다.

　셋째, 과세를 통한 재분배는 자유지상주의자들이 주장하는 것처럼 개인의 자유를 축소하는 것이 아니라 오히려 확장하는 수단이다. 자유주의 이론가인 이사야 벌린Isaiah Berlin에 따르면, 자유는 이중의 구성 요소를 가진다. 한편으로는 강제가 없는 것 또는 "무언가로부터의 자유"인 소극적 자유다. 그것은 오늘날 미국에서 가장 흔한 자유 개념의 대표 격이다. 강제라는 관점에서 보면 세금은 기업의 사적인 독재로부터 자유로워질 수단을 시민에 제공하는 여러 공적 공급에 돈을 대는 것이다. 세금은 자본주의 사회에서 자본가 계급 전체의 힘을 능가하는 유일한 권력인 국가 장치가 존재하는 토대다.

> 세전 소득 혹은 세전 이윤이란 개념 자체가 장부상의 속임수일 뿐이다.

법률로 명문화되고, 공적인 재원으로 운영되는 법원에서 노예금지법을 시행하지 않는다면 사람들은 폭력과 굶주림의 위협으로 돈 한 푼 받지 못하는 일을 강요받을 것이다. 최소한의 작업장 안전을 요구하거나 회사 측에 단체 협상에 참여하도록 강제하는 규제가 없다면 노동자들은 그들의 노동이 어떤 방식으로 조직되는가에 발언할 최소한의 권리마저 잃게 될 것이다.

그러나 세금 정책 문제에서 적극적인 자유 또한 중요하다. 적극적인 자유는 "무엇을 할 수 있는 능력"이다. 즉 어떤 일을 할 수 있는 역량 그리고 목표를 선택하고 그 목표를 실현하기 위해 노력할 가능성이다. 적극적 자유에는 자원이 필요하다. 재분배 수준이 낮은 자본주의 사회에서 적극적

자유를 실현하려면 소수가 다른 많은 사람을 희생시켜 자유 실현 능력을 더 많이 향유하는 제로섬 게임을 해야 한다. 어떤 사람들은 호화롭게 살도록 하고 다른 사람들은 근근이 살아가게 하는 방식으로 사회적 생산물을 나누는 세금 정책이 자유를 신장시킨다고 말할 수는 없다. 예를 들어 집단적이고 개인적인 야망을 추구하기 위해 시민들에게 지식과 기술 개발 기회를 제공하는 공공 교육 체계는 적극적인 자유의 기초 수단인 세금을 통해서만 유지될 수 있다.

진정으로 사회주의적인 사회는 정치적 평등과 경제적 평등이 결합하므로 자본주의 사회에서 누릴 수 있는 것보다 훨씬 더 많은 소극적·적극적 자유를 모든 사람에게 제공할 것이다. 그런 세상이 실현되기 전까지는 과세를 통한 진보적인 재분배가 구조적인 불평등을 바로잡을 수단인 동시에 가능한 많은 사람에게 자유를 확장하고 확대할 중요한 방법이다.

그러나 우리는 잘못된 길로 가고 있다. 지난 수십 년 동안 노동 생산성 증가로 생긴 금융적 이득은 주로 최상위층에 흘러들어 갔다. 최상위 소득자에 대한 세율은 엄청나게 인하되었다가 최근에야 뉴딜 이전 수준에 근접했다. 상위 1% 소득자들에 대한 총 과세 부담을 아주 조금, 제2차 세계 대전 이전 수준보다 훨씬 낮은 45%로만 늘려도 2,750억 달러가 추가 세입으로 들어올 것이다. 이는 모든 공립 대학의 등록금을 무상으로 하는 데 필요한 470억 달러보다 훨씬 많은 액수다. 부자들의 세금을 늘리는 것은 보편적인 보건 체계를 확립하고 사회 보장 혜택을 늘리고 쇠락해 가는 인프라를 재건하는 데 필요한 세입 충당의 긴 과정의 출발점이 될 것이다.

대부분의 사람은 우리 모두가 마땅히 받을 것을 받고 자유롭고 창의적이며 잠재력을 발현할 수 있는 사회에 살 자격이 있다는 데 동의할 것이다. 재분배를 위한 과세가 매력적으로 보이지는 않겠지만, 이 방향으로 가는 첫걸음이다. 부자들의 부는 자신들 스스로 번 것이 아니다. 그들은 단지 우리 대신 가지고 있을 뿐이다.

A: 부는 사회적으로 만들어진다. 부의 재분배는
더 많은 사람이 자기 노동의 성과를
누릴 수 있게 하는 것이다.

Q: 사회주의 사회가 되면
아끼는 개인 물건도 공유해야 하나?

- 바스카 순카라 -

존 레넌의 1971년 히트곡 '이매진'은 소유가 없는 세상, 탐욕이나 굶주림이 없는 세상, 지상의 소중한 것들을 모든 인류가 함께 나누는 세상을 그려 보라고 노래한다. 이 노래가 여러 세대에 걸쳐 몽상가들의 주제곡이 된 것은 당연하다. 이 노래는 또 사회주의적 전망의 한 부분, 즉 비참함과 억압을 끝내고 모든 사람의 잠재력을 완전히 실현하려는 강한 바람을 보여 준다.

그러나 존 레넌의 노래가 그리는 세상은 개인 소유가 없는 세상을 원치 않는 사람으로선 마음에 들지 않는 옷을 모두 똑같이 입어야 하고 내가 좋아하는 음반을 다른 사람과 나눠야만 하는 지구적 공동체 같은 세상이 아닐까 하여 다소 걱정스럽다.

고맙게도 사회주의자들은 개인 음반의 집단화엔 관심이

없다. 사회주의자들이 그 가수를 싫어하기 때문이 아니다. 사회주의자들은 개인적 소유^{personal property}가 없는 세상을 원하는 것이 아니다. 개인적 소유란 개인이 소비하는 소비재의 소유를 의미한다. 그런데 사회주의자들은 사적 소유^{private property}, 즉 그것을 소유한 사람들이 소유하지 못한 사람들을 지배할 수 없는 세상을 추구한다.

사적 소유가 만들어 내는 힘은 노동 시장에서 가장 분명하게 나타난다. 노동 시장에서 기업주들은 누가 일자리를 얻을 자격이 있고 누가 그렇지 못한지 결정한다. 적절한 대안이 있는 보통의 사람이라면 분명 거절할 노동 조건을 노동자들에게 부과할 수도 있다. 또 작업장에서 대부분의 실제 작업은 노동자들이 하지만 이윤을 어떻게 분배할지 일방적으로 결정하는 사람은 기업주이며, 노동자들은 자신들이 만든 가치를 온전히 보상받지도 못한다. 사회주의자들은 이런 현상을 착취라고 부른다.

착취는 자본주의에만 있는 것은 아니다. 착취는 모든 계급 사회에 두루 있었는데 그 의미는 어떤 사람들이 다른 사람들의 지시로 그리고 다른 사람들의 이익을 위해 노동하도록 강요받는 것이다. 노예제 또는 농노제와 비교하면 오늘날 많은 노동자가 직면한 어려움이 그렇게 두드러지는 건 아니다. 대부분의 나라에서 노동자들은 실질적인 법의 보호를 받고 생필품을 살 여유도 있다. 물론 이것은 착취의 범위와 강도를 제한하기 위해 노동 운동이 싸워서 얻은 결과다.

그러나 자본주의에서 착취가 완화될 수는 있어도 완전히 사라질 수는 없다. 추상적이긴 하지만 이런 예를 생각해 보자. 당신이 안정적으로 이윤이 나는 회사에서 기업주로부터 시간당 15달러를 받는다고 가정하자. 당신은 거기에서 주당 약 60시간씩 5년간 일했다.

　당신의 직업이 편하든 힘들든, 지루하든 재미있든 상관없이 한 가지는 확실하다. 당신의 노동은 당신 사장에게 시간당 15달러보다 많이 (아마도 훨씬 더 많이) 벌어 준다. 당신이 생산하는 것과 돌려받는 것 사이에 항상 존재하는 차이가 바로 착취다. 착취는 자본주의의 이윤과 부의 핵심 원천이다. 그리고 그 임금으로 당신은 좋은 생활을 하는 데 필요한 모든 것들, 즉 주택, 의료, 보육, 대학 교육 등을 사야 한다. 그리고 그것 또한 자신들의 노력을 온전히 보상받지 못하는 다른 노동자들이 생산한 상품이다.

　세상을 근본적으로 변화시키려면 자본가 권력의 원천, 즉 재산에 대한 사적인 소유권을 빼앗아야 한다. 사회주의 사회라면, 심지어 소비재 영역에서는 여전히 시장이 남아 있는 사회라도 당신과 당신의 동료 노동자들은 다른 사람을 부자로 만들기 위해 일하지 않을 것이다. 당신은 당신이 생산한 가치에서 자본주의 사회보다 훨씬 더 많은 몫을 가질 것이다. 그렇게 되면 더 많은 물질적 안락함을 누릴 수도 있고 아니면 급여가 줄어들지 않고도 더 적게 일하면서 그 시간에 학교를 다니거나 취미 생활을 할 수도 있을 것이다.

이런 말이 몽상처럼 들리겠지만 온전하게 실현할 수 있다. 기획, 생산, 그리고 유통의 모든 단계에 종사하는 노동자들은 사회가 필요로 하는 모든 것을 만들 수 있다. 그들이 매일 그 일을 한다. 노동자들은 생산 수단과 노동자 중간에 있는 사적 소유자를 배제하고 그들의 작업장을 집단적으로 운영할 수 있다. 사실 우리의 일터와 우리 공동체를 형성하는 다른 기관들을 민주적으로 통제하는 것이 착취를 끝내는 열쇠다.

사회주의의 전망은 이런 것이다. 즉 우리가 필요로 하고 매일 사용하는 것, 예를 들어 공장, 은행, 사무실, 천연자원, 공공시설, 통신과 수송 인프라 등의 사적 소유를 폐지하고 사회적 소유로 대체하는 것, 그리고 이를 통해 부와 권력을 쌓는 엘리트들의 힘을 약화시키는 것. 또한 사회주의에서 요구되는 윤리는 이런 것이다. 사람들이 개인적 이익을 위해 다른 사람들을 조종하려 하지 않고 대신에 모두가 번영할 수 있도록 협력하는 세상.

개인적 소유에 대해 말하자면, 당신은 아끼는 물건들을 계속 가질 수 있다. 실제로 자본주의에 고질적이고 파괴적인 경제적 균열이 없고, 고용이 더 안정적이며 생필품이 시장 영역에서 벗어나 있는 사회에서라면 당신이 애장품을 잃어버릴 위험은 더 적을 것이다. 애장품을 전당포에 맡기고 돈을 빌리지 않아도 될 테니까.

이것이 간결하게 표현된 사회주의다. '사적 소유는 줄이고 개인적 소유는 늘리는 것.'

A: NO. 사회주의자들은 개인적 소유가 아니라
사적 소유가 없는 세상을 원한다.
당신은 아끼는 물건을 계속 가질 수 있다.

Q: 사회주의의 결말은
항상 독재 아닌가?

- 조셉 M. 슈워츠 -

한 세대 동안 미국인들은 냉전에 관해 자유와 독재 진영의 싸움에서 자유 진영인 민주적 자본주의가 결국 승리한 것이라고 배웠다. 모든 조류의 사회주의는 소련의 범죄들과 동일시되었고 쓰레기 같은 생각으로 여겨졌다.

그러나 많은 사회주의자는 좌익과 우익 모두의 권위주의에 일관되게 반대했다. 마르크스 자신도 노동자들이 민주적인 형식에 의해서만 사회주의 사회를 만들 수 있음을 이해했다. 그런 목적에서 《공산당 선언》은 귀족적이고 반동적인 세력에 대항하여 민주주의를 위한 전투에서 승리하자고 노동자들에게 분명히 요청하고 있다.

많은 사회주의자가 이 길을 따라 정치적 · 시민적 권리를 열렬히 옹호했고, 확장된 사회적 권리와 작업장 민주주의를 통해 경제적이고 문화적인 삶을 민주적으로 통제하기 위해 싸우고 있다. 자본가들은 항상 "자본주의는 민주주의와 같다"고 주장하지만, 자본주의는 조직된 노동자 계급의 압력이 없을 때는 결코 민주적인 개혁을 지지한 적이 없다. 백인 남성의 보통 선거권은 미국에서는 잭슨 시기(앤드류 잭슨이 미국 대통령으로 재임한 1829~1837년의 시기)에 도입되었지만, 유럽 사회주의자들은 19세기 말까지 독일, 프랑스, 이탈리아 그리고 다른 곳에서도 노동자 계급과 가난한 남성들의 투표권을 쟁취하기 위해 권위적인 자본가 정권에 맞서 싸워야 했다. 사회주의자들이 대중의 지지를 받은 것은 그들이 노조와 다른 자발적인 연합체들을 조직할 법적 권리뿐만 아니라 남성의 보통 선거권 그리고 결국에는 여성의 투표권을 가장 꾸준하게 주장했기 때문이다.

사회주의자들과 노동 운동의 동맹자들은 사람들이 끔찍하게 궁핍한 상황에서는 자유로울 수 없다는 것을 오래전에 깨달았다. 그래서 미국 밖의 대중은 사회주의적 전통을 교육, 의료, 보육, 그리고 노인을 위한 연금을 공적으로 제공하는 것과 동일시하고 미국 내에서도 이런 투쟁들을 지원하는 것이 사회주의라 여긴다.

민주적 사회주의자들은 자본주의가 반민주적이라고 비판하는 동시에 사회주의라고 주장하는 권위적 정부에도 지속적으로 반대했다.

많은 사회주의자에게 민주주의적 개혁은 무조건 지지해야 하는 것이었다. 그러나 그들은 또한 자본의 힘을 제한할 계급적 힘도 확장해야 한다고 믿었다. 그래야 노동하는 사람들이 자신들의 사회적, 경제적 운명을 완전히 통제할 수 있기 때문이다. 민주적 사회주의자들은 자본주의가 반민주적이라고 비판하는 동시에 사회주의라고 자임하는 권위적 정부에도 지속적으로 반대했다.

　로자 룩셈부르크Rosa Luxemburg나 빅토르 세르주Victor Serge같은 혁명가들은 반대당을 금지하고, 작업장 민주주의의 실험들을 제거하며, 정치적 다원주의와 시민적 자유를 포괄하는 데 실패한 초기 소비에트의 지배를 비판했다. 국가가 생산 수단을 소유한다 하더라도 문제는 남는다. 그 국가가 얼마나 민주적인가? 로자 룩셈부르크는 러시아 혁명에 대한 1918년의 팸플릿에서 이렇게 썼다.

　　"보통 선거가 없다면, 그리고 언론의 자유, 표현의 자유, 집회의 자유, 논쟁의 자유가 없다면 모든 공적인 기구에서의 삶은 시들어 버리고 희화화될 것이며 관료제가 유일하게 결정적인 요인으로 부상할 것이다."

　마르크스와 엥겔스가 진정한 노동자 계급의 정부라 지칭했고 급진적 민주주의의 짧은 실험이었던 1871년의 파리 코뮌 정부 안에는 복수의 정파들이 있었는데, 그중 단 하나만이 마르크스의 인터내셔널과 같은 노선이었다. 로자 룩셈부르크는 이를 알고 있었다. 이런 가치에 충실한 사회주의자들, 반체제적 공산주의자들 그리고 독립적인 노조원들이 1953년 동독, 1956년 헝가리, 1956년, 1968년 그리고 1980년 폴란드에서 공산당 지배에 대항해 민주적 반란을 이끌었다. 민주적 사회주의자들은 또한 1968년 체코슬로바키아 둡체크 정부의 '인간의 얼굴을 한 사회주의'라는 짧지만 예외적인 실험도 이끌었다. 소련은 이 모든 저항을 탱크로 분쇄했다.

그러나 소련의 붕괴가 민주주의의 승리는 아니다. 사회주의자들은 자본주의적 민주주의가 완전히 민주적이라는 주장을 거부한다. 실제로 부자들은 노동자 운동이 위협적이라고 느낄 때 가장 기본적인 민주주의도 포기했다.

마르크스는 《브뤼메르 18일》에서 프랑스 자본가들이 프랑스 제2 공화국을 전복시킨 루이 나폴레옹의 쿠데타를 지지한 점을 분석했다. 이는 이후 1930년대 파시즘에 대한 자본가들의 지지를 미리 보여 주는 것이었다. 두 경우 모두에서 쇠퇴하는 쁘띠 부르주아, 곤경에 처한 중간 계급 그리고 전통적인 농업 엘리트들이 자본가 계급의 지지를 얻어 민주 정부를 전복했다. 상승하는 노동자 계급의 기세를 꺾기 위함이었다. 1970년대와 1980년대 라틴 아메리카의 권위주의 정권들도 비슷한 이유에서 기업의 지지에 의존했다. 제2차 세계 대전 후 유럽의 좌파와 오늘날 라틴 아메리카 좌파가 누리는 명예는 그들이 파시즘에 가장 꾸준히 맞서 싸웠기에 생긴 것이다.

> 노동자 계급의 정치적 힘을 재건하기. 그리고 그 힘으로 기업 주도의 긴축 정책을 선호하는 보수주의자들과 '제3의 길' 사민주의자들의 연합을 무너뜨리기. 이것이 오늘날 전 세계 사회주의자들이 직면한 벅찬 도전이다.

20세기의 사회주의 운동과 반식민 운동은 불평등한 경제적 힘이 정치적 힘으로 전환되고 노동자들이 자본에 의해 지배된다면 평등, 자유, 박애라는 혁명적이고 민주적인 목표를 실현할 수 없음을 알게 되었다. 사회주의자들은 "모두에게 영향을 미치는 일은 모두가 결정해야 한다"는 급진 민주주의적 믿음에서 경제적 민주주의를 위해 싸운다.

자본주의 시장에서 개인의 선택이 자유라는 주장은, 자본주의가 대부분 사람이 '사장의 지시를 받으며' 인생을 보내게 하는 비민주적인 체제라는 진실을 가린다. 기업은 위계적 독재의 형태를 띤다. 기업에서 일하는 사람들은 그들이 어떻게 생산할지, 무엇을 생산할지 그리고 그들이 만들어 낸 이윤을 어떻게 활용할지에 대해 아무런 목소리도 내지 못한다. 급진 민주주의자들은 기업의 결정에 실제로 영향받는 기업의 모든 구성원이 그 과정에서 평등한 발언권을 가져야만 기업의 권위(법률상의 권위뿐만 아니라 기업에서 노동의 분할을 결정하는 힘까지도)를 제약할 수 있다고 믿는다.

복잡한 경제를 민주화하려면 노동자 소유와 협동조합부터 금융 기관과 독점 기업(통신과 에너지 같은)들의 국가 소유, 또 노동과 환경 기준에 대한 국제적 규제 등 다양한 형태의 제도가 필요하다.

경제의 전반적인 구조는 국가 관료에 의해서가 아니라 민주적 정치를 통해 결정될 것이다. 그래도 문제는 남는다. 어떻게 자본주의적 과두제를 사회주의적 민주주의로 변화시킬 것인가? 1970년대 말이 되자 많은 민주적 사회주의자들은 노동 운동, 여성 운동, 환경 운동 그리고 반인종주의 운동을 통해 1960년대에 자본에 가했던 압력이 기업의 이윤율을 압박했음을 알게 되었다. 그들은 자본가들이 정치적 동원, 아웃소싱 그리고 자본 파업을 통해 복수하려 한다는 것도 알게 되었다. 그래서 사회주의자들은 전 유럽에서 투자에 대한 공적 통제를 강화하기 위한 개혁들을 밀어붙였다. 스웨덴 노동 운동은 '마이드너 플랜'을 채택했는데, 이것은 주요 기업을 공적으로 소유하기 위해 25년 동안의 기업 이윤에 대해 과세하려는 것이었다. 1981년 프랑수아 미테랑을 프랑스 대통령으로 당선시킨 사회당-공산당 연합은 프랑스 산업의 30%를 국유화했고 집단 교섭력을 근본적으로 향상시켰다.

프랑스와 스웨덴의 자본은 이에 대응해 국내 대신 외국에 투자함으로써 경기 침체를 초래했다. 민주적 사회주의를 지향했던 이 프로그램들은 자본의 저항과 경기 침체로 중단되었다. 좌파는 사회주의자들이 복지 국가를 넘어 자본에 대한 민주적 통제로 나아가지 못한다면 자본가들의 힘이 제2차 세계 대전 이후 사민주의가 이룩한 성과를 잠식할 것이라 예언했다. 30여 년 전에 도입된 대처와 레이건의 정책들은 노조를 해산하고 사회 안전망을 축소하면서 좌파의 예언이 맞았음을 보여 주었다.

노동자 계급의 정치적 힘을 재건하기. 그리고 그 힘으로 기업 주도의 긴축 정책을 선호하는 보수주의자들과 '제3의 길' 사민주의자들의 연합을 무너뜨리기. 이것이 오늘날 전 세계 사회주의자들이 직면한 벅찬 도전이다.

그러나 스스로를 사회주의라고 부르면서 일당이 지배하는 주변부 나라 정부들은 무엇인가? 공산당 일당 지배 국가는 과거의 자본주의적 '발전주의' 국가-예를 들면 19세기 말의 프러시아, 일본 그리고 전후의 남한과 대만-와 여러 면에서 공통점이 더 많고 민주적 사회주의의 전망과는 다르다. 이런 정부들은 민주적 권리, 특히 독립적인 노동 운동의 권리보다 국가 주도의 산업화를 우선시했다.

사회주의자들은 "모두에게 영향을 미치는 일은 모두가 결정해야 한다"는 급진 민주주의적 믿음에서 경제적 민주주의를 위해 싸운다.

　마르크스와 고전적인 유럽 사회주의는 대체로 농업에 기반을 둔 독재적 사회에서 혁명적인 사회주의 정당들이 그렇게 쉽게 권력을 장악하리라 예상하지 못했다. 이곳의 공산당들은 외국 자본의 착취에 반발해 급진화된, 당시 형성 중이던 노동 계급에 토대를 두었다. 그러나 중국과 러시아에선 귀족과 군벌이 침략으로부터 인민을 지켜주지 못했기 때문에 공산당이 권력을 잡을 수 있었다. 전쟁에서 패배한 나라의 농민들은 평화와 땅을 원했다. 마르크스주의 전통에서는 대체로 농업적이던 탈식민 사회들이 어떻게 공평하고 민주적인 방식으로 발전할 수 있는지 거의 설명할 수 없었다. 역사가 우리에게 알려준 것은 농민들이 공산당에게 방금 받은 사적 토지를 국영 집단 농장에 반환하도록 강요받았을 때 야만적인 내전이 초래되고 그 결과 수십 년간 경제 발전이 지체된다는 것이다.

　오늘날 중국, 베트남, 그리고 쿠바에서의 경제 개혁은 혼합 시장 경제를 선호한다. 여기서 외국 자본과 사적으로 토지를 소유한 농민이 중요한 역할을 한다. 그러나 경제적 다원주의를 실험하는 단일 지배당 엘리트들은 거의 언제나 정치적 다원주의, 시민적 자유, 그리고 노동권의 옹호자들을 억압해 왔다. 국가의 끊임없는 탄압에도 성장하는 중국과 베트남의 독립적 노동 투쟁은 노동자 계급이 과거에 했던 민주주의를 촉진하는 역할을 부활시킬 수 있을 것이다. 사회주의자가 연대하는 것은 독재 정부가 아니라 이런 운동들이다.

 물론 주변부에서는 1970년대 칠레 살바도르 아옌데^{Salvador} ^{Allende}의 인민연합 정부에서부터 같은 시기 자메이카의 마이 클 맨리^{Michael Manley} 정부 초기까지 민주적 사회주의를 실험했 던 풍부한 역사가 존재한다. '좌파 물결^{pink tide}'이 일었던 볼리 비아, 베네수엘라, 에콰도르 그리고 브라질의 정책들은 경 제적 권력 관계를 재편하기보다는 상품 수출로부터 벌어들 인 소득을 재분배하는 데 치중하긴 했지만 민주적 발전의 다양한 실험들을 보여 준다. 그러나 미국 정부와 초국적 자 본가들은 자신들의 이익을 위해 온건한 경제 민주주의의 노 력마저 끊임없이 약화시키려 했다.

 CIA와 영국 정보부는 1954년 민주적으로 선출된 이란의 모하마드 모사데크^{Mohammad Mosaddegh} 정권을 전복했는데, 이는 브리티시오일을 국유화했기 때문이다. IMF와 세계은행은 칠레 아옌데 정부에 대한 차관을 삭감했고 CIA는 아우구스 토 피노체트^{Augusto Pinochet}의 야만적 군사 쿠데타를 적극 지원했 다. 마찬가지로 미국 정부는 IMF와 공모해 맨리 정부 당시 의 자메이카 경제에 압박을 가했다.

 자본가들의 증오는 주변부의 아주 온건한 개혁 정부들에 까지 미칠 정도로 끝이 없었다. 미국은 1954년 과테말라의 야코보 아르벤스^{Jacobo Árbenz} 정권과 1965년 도미니카 공화국 의 후안 보슈^{Juan Bosch} 정부를 무력으로 전복했는데, 이유는 그 나라들이 온건한 토지 개혁을 시행하려 했기 때문이다.

Q: 사회주의의 결말은 항상 독재 아닌가?

역사를 공부하는 학생이라면 사회주의가 반드시 독재로 귀
결되는지가 아니라 사회주의 운동이 부활해서 자본주의의
과두적이고 반민주적인 본성을 극복할 수 있을지를 물어야
한다.

A: 사회주의는 자주 권위주의와 동일시된다. 그러나 역사를 보면, 민주주의를 가장 충실히 옹호해 온 사람들이 바로 사회주의자들이다.

Q: 사회주의는
서구 중심적인 개념 아닌가?

- 나이베디타 마줌다르 -

사회주의의 기운이 감돌고 있다. 사회주의는 2008년 경제 위기와 함께 미국으로 돌아와 새로운 세대에게 자본주의의 착취 본성을 분명히 보여 주었다. 그리고 긴축 정책과 엄청난 소득 불평등에 도전하는 투쟁들을 촉발시켰다. 여러 운동에 참여했던 활동가들은 대통령 후보가 전국 무대에서 사회주의에 관해 말할 수 있는 분위기를 만들었다.

　버니 샌더스가 가장 급진적인 인물은 아니지만 그는 공개적으로 사회주의자라 밝히면서도, 모두의 예상과 반대로 수만 명을 캠페인에 끌어들였다.

　사회주의라는 이념이 강력한 반격에 직면하는 것은 당연하지만 그 반격이 우파로부터만 오는 것은 아니다. 좌파 안에서도 사회주의가 오직 경제 문제에만 초점을 맞추고 인종차별과 같은 다른 일상적인 고통에는 거리를 두는 게 아닌지 의심하는 사람들이 있다. 샌더스가 북유럽의 사회 민주주의를 특히 칭찬했기 때문에 그는 다양성에 반하는 '노르딕 예외주의'를 찬양했다는 비판을 받아 왔다. 사회주의의 가장 온건한 변형까지 심하게 공격하는 행태는 특히 대학 안에서 두드러졌다. 그 비판의 이론적 입장은 마르크스주의와 그 후예들이 극도로 서구 중심적이라고 본다.

이런 종류의 공격 아래 깔린 전제는 사회주의는 아마도 서구의 (그리고 백인의) 이데올로기이기 때문에 경제적 부정의를 말할 순 있어도 남반부에서의 억압과 차별, 또 다른 곳의 억압받는 집단들의 생생한 경험은 말할 수 없다는 것이다.

이러한 비판은 타당한가? 사회주의적 이념은 세계 모든 곳의 노동하는 사람들이 자본가들에 의해 고통받고 공통의 이해관계에 따라 착취에 대항한다는 믿음에 근거한다. 사회주의를 협소하게 서구적인 생각이라 부르는 것은 2013년 4월 방글라데시 다카의 라나 플라자 공장에서 일하다 건물 붕괴로 사망한 1,100명의 의류 노동자들에게는 황당한 이야기일 것이다. 그 건물은 이미 안전에 위험이 있다고 공표되었지만, 고용주들은 해고 위협을 하며 노동자들을 공장 안으로 몰아넣었다.

공장이 붕괴한 지 2년 후에 휴먼라이츠워치는 방글라데시의 산업 관행을 상세히 연구했다. 연구 결과 노동자들을 위험한 작업 환경과 낮은 임금으로부터 효과적으로 지켜 주

는 노동자 조직은 산업 전반에 걸쳐 심한 보복을 당한다는 것이 밝혀졌다. 노조 활동을 막기 위해 공장주들은 일상적으로 노동자들을 협박하고 폭력 행위를 자행하는데 노동자들 대부분은 여성이다. 노조를 조직하는 데 앞장서면 일자리를 잃어버릴 뿐만 아니라 업계 전체에 블랙리스트로 이름이 알려진다.

2015년 4월 지구 반대편에선 월마트가 미국 내 영업점 중 5곳을 폐쇄하면서 2,200명의 노동자를 정리 해고했는데, 이 사실을 불과 몇 시간 전에 통보했다. 영업점 폐쇄의 표면적 이유는 '배관 수리'였지만, 실제로는 생활 임금과 더 나은 노동 조건을 요구하며 조직화하는 노동자들에 대한 보복이었다. 최근 노동자들이 저임금에 저항하며 단식 투쟁을 벌인 월마트는 미국에서 흑인, 히스패닉, 그리고 여성을 가장 많이 고용하는 사업장이다.

품위 있는 생활과 고용 안정을 위해, 즉 그들의 경제적 권리를 위해 싸우는 데 있어 방글라데시의 의류 노동자들이 해고된 미국 월마트 노동자들만큼이나 중요하다고 주장하는 것이 서구 중심적인가? 분명 방글라데시의 관리자와 공장주들은 그렇게 생각하지 않을 것이다. 그들은 노동자 조직에 대해 월마트의 관리자들만큼이나 많이 걱정하고 적대적이다.

자본가는 어디에서나 노동자를 이윤의 원천으로 본다. 이윤 동기에 의해서만 작동하는 체제에서 노동자들의 필요를 시장의 명령보다 더 중요시할 이유는 거의 없다. 신고전파 경제학자들이 뭐라고 주장하든 간에 시장의 법칙은 공정하지도 불편부당하지도 않다. 자본가들은 시장의 규칙을 항상 자신들에게 유리하게 바꿀 수 있는 더 우월한 경제적·정치적인 힘을 가졌다.

사회주의적 분석은 동서양 모두에서 일어나는 또 다른 현실도 보여 준다. 노동자들은 어떤 어려움을 뚫고서라도 변함없이 맞서 싸운다. 그 싸움은 항상 필사적이어서 자본은 노동자들의 저항을 분쇄하기 위해 할 수 있는 모든 수단을 다 쓴다. 자본가들은 그들이 빠져나갈 수 있을 때는 방글라데시에서처럼 물리적인 협박이라는 거친 수단을 사용하기도 하고, 미국에서처럼 사업장 전체를 폐쇄하는 것 같은 더 세련된 수를 쓰기도 한다. 노동자에게 그 싸움의 결과는 항상 위험하고 예측할 수 없는 것이다. 자본은 어떤 수준의 반란이라도 복수하기 때문이다. 그러나 자본도 결코 완전히 마음을 놓을 수는 없다. 왜냐하면 착취는 모든 곳에서 저항을 낳기 때문이다.

사회주의는 서구 중심적이지 않다. 왜냐하면 자본의 논리는 보편적이고 자본에 대항한 저항 또한 보편적이기 때문이다. 자본이 작동하는 세부적인 방식은 문화적 특수성 때문에 미국, 방글라데시, 프랑스, 그리고 니카라과에서 조금씩 다를 수 있다. 그러나 그 특수성이 사람보다 이윤을 우선시하는 자본의 근본 성격을 변화시키지는 않는다. 지난 100년 이상 동안 남반부에서 가장 강력하고 영향력 있는 사회 운동들이 사회주의적 이상에 영감을 받은 이유도 자본의 이런 성격 때문이다.

중국의 마오쩌둥毛澤東, 가나의 콰메 은크루마Kwame Nkrumah, 가이아나의 월터 로드니Walter Rodney, 남아프리카 공화국의 크리스 하니Chris Hani, 기니비사우의 아밀카르 카브랄Amilcar Cabral, 인도의 M. N. 로이Roy, 그리고 라틴 아메리카의 체 게바라 같은 다양한 지도자들은 조금씩 차이는 있었지만 유럽의 노조 활동가만큼이나 사회주의를 자신들의 경험에 중요한 이론과 실천으로 보았다. 물론 이 혁명가들도 그들의 노선이 서구의 이론이고 주변부의 현실에 맞지 않는다는 이유로 정치적 반대에 부딪혔다. 반대자들은 주로 우익의 종교 지도자들, 토지 소유 계급, 그리고 다른 경제적 엘리트들이었다.

라나 플라자가 무너진 비운의 날 아침에 노동자들은 건물에 들어가기 싫어 주저했다. 공장의 벽에는 큰 균열이 나 있었고 감독관들은 그 건물이 위험하다고 공표했기 때문이다. 그러나 공장 관리자들은 노동자들에게 일을 시작하도록 강요했다. 그곳에서 딸을 잃고 충격에 빠진 한 어머니는 나중에 술회했다. 붕괴 현장에서 사망한 그녀의 18살 된 딸이 그날 일하지 않으면 한 달 치 임금 전부를 못 받을 줄 알라고 협박받았다고. 이것은 경제적 박탈과 무력함 때문에 인간이 비인간화되는 구체적인 사례로, 생계와 안전 사이에서 선택을 강요받는 전 세계 모든 노동자에게 익숙한 일이다. 사회주의는 그러한 비인간화의 근원, 즉 사적소유와 착취를 밝히고 그것을 거부한다.

> 자본주의가 저지른 죄는 대다수 사람이 영양, 주거, 건강 그리고 기술 습득 같은 기본적 필요에만 몰두하게 강요한다는 것이다. 자본주의는 인류가 갈망하는 공동체와 창의성을 기를 시간은 거의 남겨 주지 않는다.

자본주의는 단지 작업장에서만 노동자를 억압하는 것이 아니다. 자본주의는 억압과 경쟁의 논리가 상식이 되는 전체 문화를 만든다. 자본주의는 사람을 다른 사람과 자신의 인간성에 대립하게 만든다. 프란츠 카프카의 《변신》의 등장인물 '그레고르 잠자'처럼 사람들은 그들 자신으로부터 소외되고 동료 인간으로부터 고립되며, 그가 될 수 있는 모든 것을 상실함으로써 고통받는다.

자본의 파괴적인 논리를 거부하고 그것을 대체할 더 나은 세상을 위해 싸우는 데 서구 중심적인 것은 없다. 그것은 진정으로 보편적이고 인간적인 선택이다.

A: 사회주의는 결코 서구 중심적이지 않다.
자본의 논리, 그리고 자본주의에 맞서는
저항 모두 보편적이기 때문이다.

Q: 인종 문제는 어쩌나?
   사회주의는 계급 문제만 신경 쓰지 않나?

- 키앙가 야마타 테일러 -

"흑인의 생명도 소중하다Black Lives Matter" 운동이 1년 넘게 미국을 사로잡고 있다. 이 운동의 중심 슬로건은 특히 아프리카계 미국인들이 경제적이고 사회적인 불평등으로 고통받는 사회에서 흑인의 인간성을 쉽고도 분명하게 인정하는 것이다.

그 운동은 비교적 새로운 것이지만 그 원인인 인종 문제는 새롭지 않다. 의료, 교육, 고용, 빈곤 등 어떤 잣대로 보더라도 미국 사회에선 아프리카계 미국인이 더 열악하다. 선출직 공무원들은 정치적 입장과 상관없이 이러한 비대칭을 '개인적인 책임감'이 없는 탓이라고 비난하거나 아프리카계 미국인에게만 나타나는 문화적 현상이라고 본다. 정부 정책과 사적인 제도들이 조장하는 인종적 불평등은 아프리카계 미국인을 가난하게 만들 뿐만 아니라 그들을 악마화하고 범죄화한다.

그러나 인종 문제는 잘못된 공공 정책이나 인종주의적인 백인이 가진 개인적 태도 때문만은 아니다. 미국 사회의 인종 문제를 제거하기 위해서는 그것의 뿌리를 이해하는 것이 필수적이다. 더 나은 공공 정책을 만들고 개인과 기관이 차별적인 행동을 못하게 하는 것만으로는 인종 문제를 해결할 수 없다. 어떤 집단의 사람에게도 해를 끼치지 못하게 하는 정부 조치가 필요하긴 하지만 이 방법으로는 미국에 넓고 깊게 퍼진 인종적 불평등을 파악할 수 없다.

> 평범한 백인을 반인종주의 프로그램으로 끌어들이는 일은 자본에 도전하는 진지하고 통일된 대중 운동 건설의 핵심 요소다.

미국이 인종적 평등을 그토록 거부하는 것처럼 보이는 이유를 이해하려면 우리는 선출된 관리들의 행동이나 사적 영역에서 인종 차별로 이익을 보는 사람들의 행위 너머를 보아야만 한다. 즉 미국 사회가 자본주의적으로 조직되는 방식을 살펴봐야 하는 것이다.

분열시켜 지배하라

자본주의는 소수에 의한 다수의 착취에 기반을 둔 경제

체제다. 스스로 만든 엄청난 불평등 때문에 자본주의는 다양한 정치적, 사회적, 이데올로기적 도구를 가지고 그 불평등을 합리화한다. 동시에 착취에 저항하기 위해 단결해야만 자신의 이익을 지킬 수 있는 다수의 사람들을 분열시킨다.

어떻게 1%의 사람들이 미국 사회의 부와 자원을 그렇게 비대칭적으로 통제할 수 있을까? 바로 분열시켜서 지배하기 때문이다.

인종주의는 이런 목적에 사용되는 많은 억압들 중 하나에 불과하다. 예를 들어 미국의 인종주의는 노예제 당시에 아프리카 사람들의 노예화를 정당화하려고 개발되었다. 그 시기는 역설적이게도 세계가 자유와 자기 결정의 개념을 찬양하던 때였다.

이런 새로운 정치적 가능성의 시대였기에 흑인들을 비인간적으로 대우하고 종속시키려면 합리화가 필요요했다. 그러나 인종주의의 핵심 목표는 노예 제도와 그것이 만들어 낸 엄청난 부를 보존하는 것이었다.

마르크스는 이것을 알고 있었다.

"직접적인 노예 제도는 기계나 신용만큼이나 중요한 부르주아 산업의 축이다. 노예제가 없다면 면화도 없다. 면화가 없으면 근대 산업도 없다. 식민지를 가치 있게 만든 것은 노예 제도다. 세계 무역을 만든 것은 식민지다. 그리고 대규모 산업의 전제 조건이 바로 세계 무역이다. 따라서 노예

제는 가장 중요한 경제적 범주다."

마르크스는 또한 아프리카인들의 노예 노동이 자본주의의 생성에 핵심적이었다는 것을 밝히면서 다음과 같이 썼다.

> "아메리카에서의 금과 은의 발견, 원주민들을 광산에서 노예로 부리고 매장함으로써 절멸시키는 것, 동인도 제도의 정복과 약탈의 개시, 그리고 아프리카를 흑인 노예 사냥의 사육장으로 만들어 버리는 것 등이 자본주의적 생산의 장밋빛 새벽을 알려주었다."

인종주의가 자본주의에서 어떻게 기능했는지는 자본이 노동을 필요로 했다는 점으로만 설명할 수 있다. 노동을 시켜야 한다는 명분으로 미국에서 흑인에 대한 가혹한 대우와 열악한 지위가 정당화되었다.

이런 비인간화는 노예 제도가 폐지된다고 해서 끝나는 것이 아니었다. 검은 피부에 새겨진 열등함의 표지는 노예 해방 이후에도 계속되었고, 그 열등함은 아프리카계 미국인들을 노예 해방 이후 거의 백 년 동안 이등 시민으로 차별하는 근거로 활용됐다.

단순한 '흑인 반대' 뿐만 아니라 흑인들의 가치 절하 또한 아프리카계 미국인들을 경제적 강제와 조작에 더 취약하게 만들었다. 이 강제와 조작은 발전하는 자본의 경제적 필요에서 나온 것이지만 그것의 효과는 경제적 영역 훨씬 너머로 파급되었다. 흑인들은 투표권을 박탈당했고, 잔혹한 폭력과 저임금 노동에 시달렸다. 이것이 미국 인종주의의 경제적 원인이다.

인종주의와 흑인 따돌림이 낳은 다른 결과도 있었다. 아프리카계 미국인들은 정치적, 시민적, 그리고 사회적 생활에서 철저히 눈에 띄지 않게 되어서 대다수 가난한 노동자 계급 백인들은 지배적인 백인 분파의 지배와 권위에 도전하기 위해 흑인들과 연대해야 한다는 생각조차 할 수 없었다.

마르크스는 노동자 계급 안에 근본적인 인종 간 분할이 있다는 것을 알았다. 그가 관찰한 바에 따르면, "미국에서 노동자들의 모든 독립적 운동은 노예 제도가 미국의 일부를 망가뜨리는 한 마비될 수밖에 없었다. 흑인의 노동에 낙인이 찍힌다면 백인의 노동도 해방될 수 없다."

마르크스는 근대 인종주의 때문에 노동자들이 공통의 객관적 이해관계를 가졌으면서도 주관적인−그러나 그럼에도 불구하고 실제적인−(인종주의적이면서 민족주의적인) 생각의 차이로 불구대천의 원수가 될 수도 있음을 파악했다. 아일랜드 노동자들과 잉글랜드 노동자들 사이의 긴장을 관찰하면서 마르크스는 이렇게 썼다.

"잉글랜드의 모든 상업과 산업 중심지에는 두 적대적인 진영, 즉 잉글랜드 프롤레타리아트와 아일랜드 프롤레타리아트로 나뉜 노동자 계급이 있다. 보통의 잉글랜드 노동자는 아일랜드 노동자를 자신의 생활 수준을 떨어뜨리는 경쟁자로 미워한다. 잉글랜드 노동자는 아일랜드 노동자에 비해 자신이 지배하는 나라의 국민이라 느껴 스스로 아일랜드를 다스리는 잉글랜드 귀족과 자본가의 수단이 된다.

…

이러한 적대감은 언론, 교회의 설교, 신문 만화, 즉 지배 계급이 마음대로 할 수 있는 모든 수단에 의해 인위적으로 유지되고 강화된다. 이 적대감이 영국 노동자 계급이 잘 조직되어 있음에도 불구하고 무력한 이유다. 노동자 계급 사이의 적대감은 자본가가 자신의 권력을 유지하는 비밀이다. 그리고 자본가 계급은 이것을 아주 잘 알고 있다."

미국의 사회주의자들은 인종주의가 자본주의를 끝장낼 실제적 힘을 가진 계급을 분열시키는 핵심 수단이라는 것을 깨달았기 때문에 인종주의 반대 캠페인과 사회 운동에 열심히 참여해 왔다.

그런데 사회주의적 전통 안에서 아프리카계 미국인과 대부분의 다른 유색인이 백인보다 유독 더 가난하고 노동하는 계급이기 때문에, 경제적 불평등을 끝내려는 목적의 캠페인만으로는 그들이 받는 억압을 멈출 수 없다고 많은 사람이 주장해 왔다.

경제적 불평등만을 제거하려는 입장은 인종주의가 비백

인에 대한 억압의 근거라는 것을 무시한다. 흑인과 비백인 소수자들은 그들이 가난하기 때문만이 아니라 그들의 인종 또는 민족적인 정체성 때문에도 억압받는다.

> 인종 문제에 대항하는 투쟁은 경제적 평등을 위한 투쟁과 상호 작용해야 하지만 인종 문제가 경제적 차원에서만 발생하는 것은 아니다.

또한 경제가 팽창한다고 해서 인종적 불평등이 줄어드는 것은 아니다. 실제로 인종 차별 때문에 아프리카계 미국인들과 비백인들은 경제적 팽창의 성과에 온전히 접근할 수 없게 된다.

1960년대 흑인의 저항은 경제의 번영과 동시에 발생했다. 흑인들은 미국 경제의 번영으로부터 배제되었기 때문에 반란을 일으켰다. 인종 문제를 경제적 불평등의 부산물로만 보면 인종 문제가 모든 아프리카계 미국인들의 삶에 엄청난 피해를 입히는 독립적인 힘으로 존재한다는 것을 무시하게 된다.

인종 문제에 대항하는 투쟁은 경제적 평등을 위한 투쟁과 상호 작용해야 하지만 인종 문제가 경제적 차원에서만 발생하는 것은 아니다. 반인종주의 투쟁은 흑인 공동체가 경험하는 사회적 위기 때문에도 일어난다. 예를 들어 인종적 낙인찍기, 경찰의 잔혹 행위, 주거, 의료, 교육의 불평등, 그리

고 대량 투옥과 '사법 제도'의 다른 측면에 대항한 투쟁들도
있다.

 인종적 불평등에 대항하는 이런 투쟁은 아프리카계 미국
인들과 인종적·민족적인 소수자들의 삶을 향상시키기 위
해, 그리고 인종주의가 비백인들의 삶을 얼마나 파괴하는가
를 평범한 백인들에게 보여주기 위해서도 중요하다.

 평범한 백인을 반인종주의 프로그램으로 끌어들이는 일
은 자본에 도전하는 진지하고 통일된 대중 운동 건설의 핵
심 요소다. 흑인만의 고립된 투쟁이 되지 않기 위해서는 경
제적 불평등에 대항하는 것이 더 중요하다고 여겨 이 투쟁
에만 초점을 맞추거나, 인종주의의 폐해를 외면해서는 안
된다. 그래서는 흑인과 백인의 통일을 성취할 수 없다.

 이런 이유에서 여러 인종으로 이루어진 사회주의자들은
항상 인종주의 반대 투쟁에 참여해 왔다. 20세기에 들어와
도시에 거주하는 아프리카계 미국인이 점점 더 많아지면서
이들이 미국에서 태어났거나 이민 온 백인들과 직장, 주택,
학교를 놓고 갈등하고 경쟁하면서 이는 특히 더 중요하다.
노동자 계급 흑인과 백인 사이의 폭력적인 충돌은 고용주,
지주, 그리고 관료들에게 집단적으로 도전하기 위한 연대의
끈을 인종적인 분열이 얼마나 파괴했는지 잘 보여 준다.

 사회주의자들은 린치와 사법 제도에서의 인종 차별에 대
항하는 캠페인에서 주도적인 역할을 했다. 1930년대의 스
코츠보로 소년들 사건은, 9명의 아프리카계 미국인 소년들

이 앨라배마 주 스코츠보로에서 두 명의 백인 여성 강간 혐의로 기소된 사건이다. '유색인종권익향상을위한진보적전국자유주의연맹NAACP'은 그 사건에 개입하기를 꺼렸다. 그러나 공산당과 그 계열의 국제법적보호위원회International Legal Defense는 스코츠보로 재판을 최우선 사건으로 삼았다.

캠페인의 일환으로 소년들의 어머니들은 미국 전역과 전 세계를 돌면서 이 사건에 관심과 지지를 호소했다. 두 아들이 기소된 에이다 라이트는 1932년, 6개월 동안 16개국을 돌아다니면서 아들들의 사정을 이야기했다. 잘 알려진 공산주의자들과 함께 다녔기 때문에 그녀는 자주 연설을 제지당했다. 체코슬로바키아에서는 공산주의자로 고발되어 사흘간 구금된 뒤 국경 밖으로 추방되기도 했다.

사회주의자들은 또한 아프리카계 미국인들의 노조 결성 운동에 참여했고 아프리카계 미국인과 억압받는 소수자들의 북부, 남부, 서부에서의 인권 캠페인에서도 핵심적인 역할을 했다. 이러한 참여는 많은 아프리카계 미국인들이 살아보니 사회주의 정치에 끌리게 된 이유를 설명해 준다. 사회주의자들이 흑인의 자유를 진정으로 보장하는 사회의 전망을 항상 제시했기 때문이다. 1960년대 말이 되면 마틴 루터 킹 2세와 같은 사람들도 미래에 관해 일종의 사회주의적 전망을 묘사하게 되었다. 1966년 그가 조직한 남부기독교도지도자연맹Southern Christian Leadership Conference의 집회에서 킹은 이렇게 말했다.

"운동이 미국 사회 전체를 새로 건설하는 문제에 관해 이야기해야 한다는 사실을 인정하자. 미국에는 4천만 명의 가난한 사람이 있다. 우리는 앞으로 '미국에 왜 4천만 명이나 되는 가난한 사람이 있을까'라고 질문해야 한다. 그리고 당신이 이러한 질문을 한다는 것은 경제 체제, 부의 더 폭넓은 분배라는 문제를 제기하는 것이다. 당신이 그 질문을 할 때 당신은 자본주의 경제를 문제 삼는 것이다.

…

당신은 이렇게 묻기 시작한다. '누가 석유를 소유하는가?', '누가 철광석을 소유하는가?' 당신은 또 이렇게 묻게 된다. '지구의 2/3가 물인데 왜 우리는 물값을 지불해야만 하는가?' 이것이 반드시 물어야 하는 질문들이다."

운동이 계속 급진화하면서 블랙팬더와 혁명적 흑인노동자연맹 같은 단체들은 흑인 억압과 자본주의를 직접 연결했던 말콤 엑스의 전통을 따랐다. 더 나아가 사회주의적 미래를 위해 싸우는 흑인 노동자 계급을 조직할 목적으로 사회주의적 조직 건설을 시도했다.

오늘날 사회주의자들의 과제도 다르지 않다. 이윤이 아니라 인간의 필요에 근거한 세상을 위해 싸우면서도 인종주의에 반대하는 투쟁에 중심적으로 참여하는 것.

A: 사회주의자들은 인종주의에 대항하는 투쟁이
지배 계급의 권력을 무력화하는
핵심 역할을 한다고 생각한다.

Q: 정부가 관여하는 일이 이렇게 많은데,
이 정도면 이미 사회주의 아닌가?

- 크리스 메이사노 -

　인터넷을 많이 사용하는 사람이라면 정부 프로그램, 서비스, 기관의 목록을 나열하면서 미국이 이미 얼마나 사회주의적인 사회인지를 보여주는 밈^{Memes}(*정보와 주장을 쉽고 압축적으로 전달하기 위해 사용하는 인터넷상의 시각 이미지)을 아마 본 적이 있을 것이다. 다양한 주장들이 있는데, 겉으로는 사회주의적으로 보이는 프로그램들을 55가지나 나열한 경우도 있다. 그러나 나열된 프로그램들의 유일한 공통점은 전부 나라에서 하고 있는 일이라는 사실뿐이다.

　어떤 프로그램들은 사회적 필요에 직접 기여하고, 소득 재분배 기능도 일부 포함한다(공공 도서관, 복지, WIC$^{여성 유아 아동 프로그램}$, 사회 보장 제도, 식료품 바우처). 어떤 것들은 아무 이유 없이 포함된 것 같다(실종 아동 경보 체계, 백악관). 다른 것들은 이념적 지향과 상관없이 근대적인 정부라면 누구나 수행하는 기본 활동들이다(쓰레기 수거, 제설 작업, 도시 기반 시설 건설 등). 또 다른 것들은 거대한 강제와 폭력의 장치를 갖추고 있다 (경찰서, FBI, CIA, 군대, 법원, 교도소와 구치소).

이게 다 버니 샌더스 덕분이다(*여기서 언급되는 밈은 샌더스 선거 운동 진영에서 만든 것이다). 그의 대통령 선거 운동은 이념적 혼란을 더욱 가중시켰다. 그가 지난해 어느 선거 유세에서 드러낸 생각이 배경이 되어 아주 단순한 이 밈이 만들어졌다. "당신이 공공 도서관에 가거나, 소방서나 경찰서에 도움을 청할 때, 무엇을 이용한다고 생각하나요? 이것들이 바로 사회주의적 기관입니다." 이런 논리에 따르면 정부가 세금으로 집행하는 모든 집단적 계획은 사회주의다.

이런 사고방식의 문제점을 찾는 것은 어렵지 않다. 마음 깊이 반국가주의적인 성향을 지닌 미국인들에게 사회주의가 곧 정부라는 캠페인은 좌파가 취할 수 있는 최악의 수사적 전략이다. "차량국DMV을 좋아한다고? 그럼 당신은 사회주의를 사랑하는 거야!"라는 식의 구호로는 많은 사람의 마음을 돌릴 수 없다. 더 중요한 것은 모든 정부 활동과 사회주의적 조치를 뒤섞어 버린다면, 정작 사회주의자라면 반대해야 할 국가의 활동마저 옹호해야 한다는 점이다. 그중에는 자유롭고 정의로운 사회가 되었을 때 사회주의자들이 폐지를 원하는 것들도 있다.

공공 도서관과 사회주의를 동일시하는 것은 그럴 수도 있다. 공공 도서관은 민주적인 접근과 분배 원칙에 따라 운영

된다. 즉 지불 능력에 상관없이 모든 사람에게 서비스를 제공한다. 공공 도서관은 사회주의라는 이름에 걸맞는 어떤 사회주의 사회에서라도 가장 중요한 기관 중 하나일 것이다. 그러나 사회주의에서의 경찰은 전혀 다른 문제다. 여러 명의 무고한 흑인을 죽인 책임이 있는 권력 기관이 사회주의 기관의 실제 사례가 된다면, 자유와 정의를 원하는 사람 중 누구도 사회주의자가 되려 하지 않을 것이다.

정부의 모든 활동이 사회주의와 같다는 생각은 정치적, 전략적으로 중요한 의미를 함축한다. 만일 이 나라가 적어도 부분적으로 이미 사회주의적이라면 우리는 정부를 점차 확장하기만 하면 된다. 기존 정부 프로그램들의 목적을 변화시킬 필요도 없고 정부 기관들의 행정 구조를 개혁할 필요도 없다.

앞의 목록에서 사회주의적이라고 평가받는 모든 프로그램은 사적 소유라는 근간은 내버려 둔 채 얻은 것이다. 그래서 자본 소유자들 그리고 그들의 정치적 동맹자들과 결정적인 충돌을 할 필요도 없다. 우리는 우리에게 협조적인 정치인들을 선출하고 그들이 더 많은 사회주의로 가는 법을 만들게 하면 된다. 직업적으로 정치학을 연구하는 학자들도 종종 이런 덫에 빠진다. 전체 정부 지출 관점에서만 정부의 규모를 보고, 지출이 늘어나고 있으니 미국이 원하든 원하지 않든 점점 사회주의적으로 변하고 있다고 주장하는 이가 많다. 그들은 중요한 사회주의적 개혁이 자의반 타의반으로 일어난다고 생각한다. 정치가가 사회주의적 개혁 조치들을 입법하고 관료들이 실행에 옮기면, 성공한 프로그램을 대중이 수동적으로 지지하게 된다는 것이다.

사회 프로그램과 여타 활동들에 대한 정부 지출은 인구의 노령화, 기후 위기, 그리고 다른 발전들 때문에 앞으로 수십 년간 당연히 늘어날 것이다. 그러나 단순 지출액만 봐서는 정부 활동의 정치적 성격을 거의 알 수 없다. 정부 활동의 핵심을 물어야 한다. 정부가 자본을 소유한 사람들의 권력을 강화시키는가 아니면 약화시키는가? 정부가 우리를 시장의 규율에 더 종속되게 하는가 아니면 시장 규율의 요구로부터 우리를 더 자유롭게 해 주는가?

1980년대 이래로 심지어 공화당이 집권한 시기에도 정부가 주도하는 다수의 대규모 조치들이 있었다. 그러나 대부분의 대규모 정부 프로그램은 지난 수십 년 동안 노동자들의 힘을 강화시키는 일은 전혀 하지 않았다.

근로 장려 세제^{EITC}는 일하지만 가난한 사람들에게 꼭 필요한 도움을 주었다. 그러나 그 제도를 통해 노동자들이 받는 돈만큼 고용주들이 임금을 줄였고 이는 결국 고용주들에게 간접적인 보조금을 주는 셈이 되었다. '메디 케어 파트 D'(*65세 이상의 고령자들에게 적용되는 의료 보장 제도 중 처방약 보험을 말한다)는 저소득 노인들에게 약간의 보조금을 주지만 그 돈이 곧바로 제약 산업의 값비싼 처방약을 사는 데 쓰인다는 것은 잘 알려져 있다.

오바마 케어는 논란이 많았지만 의료 부조^{Medicaid}를 확대함으로써 건강 보험 보장액을 늘렸다. 그러나 수백만의 미국인들이 늘어난 보장액으로 이윤을 추구하는 사보험에 개인적으로 가입하면서 시장화가 심화될 뿐이었다. 2009년의 경기 부양 계획은 나라를 또 다른 대공황으로부터 구한 듯 보였지만 위기의 규모에 비해 부적절했고 기업을 위한 세금 감면에 무게를 두었다. 그러나 기업들은 그 돈을 새로운 노동자를 고용하는 데 쓰는 대신 자신들의 주머니에 넣어 버렸다. 이런 사례는 얼마든지 더 있다.

왜 이런 일이 일어날까? 그 이유 중 하나는 돈 많고 힘 있는 사람들이 그들의 이익을 불리고 진보적인 개혁을 막기 위한 정치적 활동에 많이 투자하기 때문이다. 2015년 말까지 고작 158개 가문과 그들이 소유한 기업들의 기부금(1억 7,600만 달러라는 놀라운 액수)은 2016년 대통령 선거전 전체 모금액 절반에 가깝다. 정치에 돈을 쓰고 그렇게 사들인 영향력으로 부자들은 다른 세금과 정책들이 자기들에게 유리하도록 만들 수 있었다. 또한 그들에게 우호적인 판결-예를 들면 Citizens United^{시민연합} (*Citizens United와 선거관리위원회 간 소송에서 미국 대법원은 법인에게 개인과 같은 자격이 있다고 인정함으로써 대기업의 정치 관여를 사실상 제한하지 않게 되었다)-와 로비 활동을 통해 그 이점을 강화해 왔다.

두 명의 정치학자가 발표해 널리 주목받은 2014년의 한 연구에 따르면 부자들의 정치적 지배가 너무도 확연해져 평균적인 시민이 정부의 정책 결정에 미치는 영향력은 거의 "제로에 가깝다".

또한 선출직이든 임명직이든 정부의 가장 중요한 관직은 중간 계급 이상의 상층 계급 출신들이 차지한다. 그들은 현 상황을 보호하고 노동 계급이나 좌파로부터의 체제에 대한 도전을 억눌러야 한다는 비슷한 가치관을 가지고 있다.

부자들을 이롭게 하기 위해 정부 활동을 직접 지배하는 방법만 있는 것은 아니다. 정부가 돈을 조달하기 위해 필요한 것은 결국 튼튼한 경제 활동이다. 정부가 의존하는 세입과 채권 금융은 자본주의 경제의 상태 그리고 그것의 성장률과 수익률에 직접 연관된다. 만약 경제 활동이 위축되면— 아마도 자본가들은 노동자들에게 이익이 되는 새로운 법 제정이 내키지 않을 것이므로—국가의 자금 조달이 점점 더 어려워진다. 그렇게 되면 국가의 정통성과 대중의 지지도 하락할 것이다.

경제 활동은 사적 자본가들의 투자 결정에 좌지우지되기 때문에 자본가 세력은 자신들의 이익에 반하는 정부 정책을 거부할 수 있다. 기업 보조금 및 인센티브로 투자를 유도하지 않는다면 자본가들은 투자하지 않을 것이다.

그 결과 정치인과 관료들은 정책을 결정할 때 사적 영역 자본가의 이익을 보장하려는 경향이 강해진다. '기업 신뢰'의 유지라는 동기가 정책 형성을 강하게 제약하기 때문에 정부 활동은 자본가의 이익에 우호적이 된다. 또한 자본가들은 그런 방식으로 자신들만의 이익을 더 큰 '공공의' 또는 '민족의' 이익과 동일시할 수 있다. 자본주의 체제에서는 그들의 주장도 어느 정도는 타당하다.

대중이 조직되고 투쟁하지 않는다면, 정부는 자본에서 노동으로 힘의 균형을 이동시키거나 시장 규율을 약화시키는 활동을 하지 않는다. 경제의 근본 구조가 변하지 않는 한 국가는 다른 모든 것을 희생시켜서라도 자본의 이익을 지키려 든다. 진보적 개혁이 자본주의에서는 결코 달성될 수 없다거나 정부가 대중의 압력을 전혀 받지 않는다는 말이 아니다. 하지만 그런 개혁들은 고용주에 대항한 대중의 직접적 투쟁이 뒷받침되었을 때만 달성되곤 했다.

지금껏 정치인을 뽑고 정부가 멋대로 힘을 키우지 못하게 감시하는 것만으로 충분했던 적은 없다. 경제 권력이 곧 정치권력이다. 자본주의에서 자본의 소유자에겐 언제나 민주주의를 후퇴시킬 능력이 있다. 의회나 백악관에 누가 있는지는 상관없다.

정부 권력을 획득하고 그것을 이용해 자본가 계급의 지배를 깨는 것은 사회주의로의 이행을 시작하는 필수 조건이다. 사회주의 정당(또는 좌파 정당과 노동자 계급 정당의 연합)이 운영하는 정부는 경제의 핵심적인 산업과 기업을 어떤 형태로든 사회적 통제 아래에 둘 것이다. 그러나 그것만으로는 충분하지 않다. 정부 구조가 철저히 민주화되지 않는다면 사회주의가 인간의 자유라는 대의를 진전시키지 못한다는 것을 20세기의 쓰라린 경험이 가르쳐 주었다.

그것이 공식적인 정치 구조 밖의 (그리고 필요하다면 그것에 저항하는) 지속적인 대중 동원이 결정적으로 중요한 이유다. 자본가와 보수 세력은 사회주의적 이행에 반드시 반격할 것이다. 이에 맞서기 위해서는 정부가 하는 일에 대규모의 대중적 지지와 직접 참여를 이끌어 낼 필요가 있다.

의회와 같은 대의 기구를 대신하거나 보완하는 직접적인 정치 기구를 만들 필요도 있고 국가 기관들과 행정 구조를 근본적으로 점검할 필요도 있다. 이런 식의 대중 권력 확대는 구체제에 충성하는 직원들을 몰아내고, 대중을 소외시키고 억압하는 방식으로 공공 서비스를 운영하는 현행 관료 제도의 개혁을 위해 필요하다.

공립 학교, 복지 부서, 기획처, 법원, 그리고 다른 정부 기관들은 이 서비스의 계획과 실행에 노동자들과 정부 활동의 수혜자들을 참여시킬 것이다. 공공 부문 노조는 정부의 행정적 구조를 근본적으로 변화시키기 위해 공적 서비스의 공급자와 사용자 모두를 조직함으로써 결정적인 역할을 할 수 있다.

이런 조건이 갖추어져야만 정부의 활동과 민주적인 사회주의는 동의어가 될 것이다. '정부'라는 추상적인 개념을 자본의 힘에 대립시키는 대신 인민의, 인민에 의한, 인민을 위한 정부를 실현할 새로운 제도들을 고안하고 건설하는 고된 노력을 시작해야만 한다.

A: NO. 단순히 정부의 역할을 확대하는 게 사회주의가 아니다. 민주적인 소유와 통제가 있어야 사회주의.

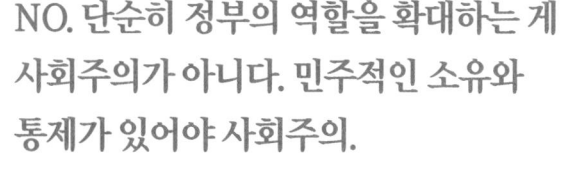

Q: 사회주의와 페미니즘은
때때로 충돌하지 않나?

- 니콜 아쇼프 -

사회주의와 페미니즘의 관계는 오래되었지만 때로는 좋지 않았다.

사회주의자들은 종종 계급을 지나치게 강조한다고 비난받는다. 즉 생존하기 위해 임금을 벌어야만 하는 사람들과 생산 수단을 소유한 사람들 사이의 구조적 분할을 모든 분석의 중심에 둔다는 것이다. 심지어 일부 사회주의자들은 성차별주의, 인종주의, 또는 호모포비아와 같은 다른 요인들이 권력의 위계 형성에 얼마나 중요한지를 무시하거나 과소평가한다. 또 사회주의자들은 이러한 부정적인 기준과 관행들의 심각성은 인정하지만 그것들은 자본주의를 끝낸 이후에야 근절될 수 있다고 주장한다.

한편 사회주의자들은 주류 여성주의자들이 집단적인 투쟁보다 개인적 권리에 너무 초점을 맞추고 여성들 사이의 구조적인 분할을 무시한다고 비판한다. 사회주의자들은 주류 여성주의자들이 일하는 여성의 역할을 등한시하는 부르주아적 정치 기획에 순응한다고 비판하기도 하고, 남반부와 북반부 모두에서 가난한 여성들의 필요와 욕망을 무시하고 중산층의 요구를 우선시한다고도 비판한다.

이런 논쟁들은 19세기 중반과 제1 인터내셔널 시기부터 계속돼 왔고, 자본주의 사회의 권력과 모순이라는 정치적 문제를 둘러싸고 벌어졌다.

자본주의가 역사적으로 변화하기 때문에 자본주의 사회 안에 존재하는 페미니즘 정치는 복잡해지고 문제는 더 혼란스러워진다. 성차별이 자본주의 체제의 이윤 창출 과정과 재생산 과정 전체에 통합되는 방식은 역동적으로 변화한다.

오늘날 여성 대통령 후보였던 힐러리 클린턴이 미국 백만장자들이 가장 선호하는 후보라는 사실을 보면 이런 메커니즘이 분명하게 드러난다. 그러나 사회주의와 페미니즘의 분할은 궁극적으로는 불필요한 것이다.

사회주의자가 페미니스트가 되어야 하는 이유

여성 억압은 미국 사회와 전 세계 모두에서 복합적이다. 즉 젠더 분할이 정치적, 경제적 그리고 사회적인 영역 모두에서 나타나기 때문에 여기서 해방되려면 사회주의자들은

동시에 여성주의자가 되어야만 한다.

미국에서 여성이 대통령이 될 가능성이 있다고 화제가 된 상황을 보면 미국을 비롯해 전 세계적으로 여성 지도자가 얼마나 부족한지 알 수 있다. 앙겔라 메르켈Angela Merkel, 크리스틴 라가르드Christine LeGarde, 재닛 옐런Janet Yellen, 그리고 지우마 호세프Dilma Rousseff와 같은 여성 권력자가 있음에도 불구하고 정치와 기업 세계에서 젠더 간 균형은 여전히 심하게 편향되어 있다. 〈포춘〉이 선정한 500대 기업 CEO 중 단 4%만이 여성이고 대부분의 기업 이사회에는 여성 이사가 거의 없다.

세계적으로는 국가수반의 90%가 남성이고, 2015년 세계 경제포럼에 참석한 2,500명의 대표자 중 17%만이 여성이었다. 또한 미국 상원에서 여성이 20석을 차지한 것은 2013년이 처음이었다.

많은 나라에서와는 달리 미국의 여성들은 거칠게 말하자면 평등한 권리와 법적 보호를 누리고 교육, 영양, 의료 영역에서 남성들과 동등하게 접근할 수 있다. 그러나 젠더 분할은 사회 전반에서 분명하다.

고등 교육에서 여성은 남성보다 공부를 잘해도 비슷한 수준의 출세와 부를 얻지 못하고, 대중 매체에선 전형적으로 묘사되며 남성보다 비중이 작다. 여성의 재생산 권리에 대한 공격은 수그러들지 않고 있으며, 여성에 대한 폭력 빈도는 1990년대에는 꾸준히 조금씩 감소했지만 2005년 이후로는 조금도 변하지 않았다.

오늘날 가정과 직장 생활의 균형을 맞추기란 주거와 양육 비용의 증가 때문에 과거 어느 때보다도 어려워졌다. 1963년 동일임금법이 통과된 후 50년 동안 여성들은 대규모로 노동 시장에 진입했다. 그래서 오늘날 여성의 60%가 집 밖에서 일한다. 남편이 있건 없건 아이가 있는 여성은 일할 확률이 더 높다. 한 살 이하 아이를 가진 어머니의 57%가 일을 한다.

그러나 전업으로 일하는 여성은 남성 임금의 81%만을 받는다. 이 비율조차도 남성(대학 교육을 받은 사람을 제외하고)의 임금이 최근에 급속히 감소했기 때문에 부풀려진 것이다.

임금 격차는 성별 분업과 짝을 이룬다. 소매, 서비스, 그리고 음식 부문—새로 증가한 일자리에서 핵심적인—에서는 여성들이 지배적이다. 그리고 돌봄 노동의 여성화는 더욱더 분명해지고 있다. 자국 노동자에 대한 노동기준법의 확대 같은 최근의 성과에도 불구하고 돌봄 노동은 여전히 여성의 일로 여겨지고 저평가되고 있다. 돌봄 노동 일자리의 상당수가 저임금이고 임시직이다. 또한 모욕, 학대, 공격, 그리고 임금 도둑질이 흔하게 일어난다.

이렇게 미국에서 남성과 여성의 노동 경험 사이에는 분명한 차이가 있고 이외에도 더 서서히 장기간에 걸쳐 영향을 끼치는 성차별주의도 있다. 벨 훅스Bell Hooks와 같은 페미니스트들은 성차별과 인종 차별이 사회의 모든 곳에 만연해 있

고, 권력을 가진 집단의 지배적인 언어는 백인의 이성애적인 삶이라는 전망을 찬양한다고 주장했다.

태어날 때부터 남자아이와 여자아이는 다르게 취급된다. 젠더에 대한 전형적인 관념이 가정, 학교, 그리고 일상생활 속으로 들어와 여성의 일생 내내 지속되면서 여성의 정체성과 인생에서의 선택들을 강제한다.

성차별은 이윤 창출 과정에서 결정적인 역할을 하지만 분명히 드러나지는 않는다. 처음부터 자본주의는 노동 시장 바깥의 지불되지 않는 노동(주로 가정에서의)에 의존했고 그 노동이 자본 축적을 위해 반드시 필요한 요소인 노동자를 제공했다. 즉 가정에서의 노동은 노동자를 만들고 옷을 입히고 먹이고 사회화하고 사랑해 준다.

이런 지불되지 않는 노동은 심하게 성별화되어 있다. 과거보다는 더 많은 남성이 가사노동과 양육에 참여하지만 사회적 재생산은 여전히 가사 부담의 짐을 지는 게 당연하다고 여겨지는 여성에게 주로 맡겨져 있다. 대부분의 여성은 집밖에서 임금 노동을 하고 집에 돌아오면 가사 노동으로 전환한다. 이런 식으로 여성들은 이중으로 억압당한다. 즉 직장에서는 노동자로 착취당하고 가정에서 이뤄지는 노동력의 사회적 재생산 과정에선 노동자로 인정받지 못한다.

페미니스트가 사회주의자가 되어야 하는 이유

젠더 분할은 정치적, 경제적, 사회적 영역에서 끊임없이 일어나고 여러 계급에 걸쳐 있기 때문에 페미니스트들 사이에서는 성차별주의가 자본주의와는 별개의 것, 별도로 해결해야만 하는 어떤 것이라고 보는 관점이 지배적이었다.

수많은 흐름의 페미니스트 투쟁들을 통해 활동가들은 성차별 및 젠더 분할과 싸우는 다양한 전략을 추구했다. 오늘날 주류 페미니스트들은 여성이 직면한 임금 불평등, 폭력, 일과 가정의 균형, 그리고 성별화된 사회와 같은 광범위한 문제 해결의 수단으로 정치 영역과 경제 영역 모두에서 여성의 권력 장악에 초점을 맞추고 있다.

셰릴 샌드버그 Sheryl Sandberg, 힐러리 클린턴, 앤마리 슬로터 Anne-Marie Slaughter와 같은 유명한 여성의 대변자들 그리고 많은 다른 여성이 페미니스트의 '권력 장악' 전략을 옹호한다. 이 전략의 가장 영향력 있는 주창자인 샌드버그는 여성들이 용기내어 "현 상황에 균열을 내야 한다"고 말한다. 샌드버그는 여성이 현 상황에 도전한다면 한 세대 안에 남녀 간 지도력 격차를 없애고 이를 통해 모든 여성에게 더 좋은 세상을 만들 수 있다고 믿는다.

권력 장악 노선의 요지는 만약 여성이 권력을 잡는다면 남성과는 다르게 여성에게 이익을 주는 정책들을 실행하려 할 것이고 여러 계급에 걸친 경제적, 정치적, 문화적 영역에

서의 젠더 분할은 여성이 남성과 같은 수의 지도자 지위를 차지할 때만 제거될 수 있다는 것이다.

개인의 출세를 페미니즘적 목표 달성 수단으로 강조하는 것은 새롭지도 않고 샬롯 번치Charlotte Bunch와 수잔 파루디Susan Faludi등 많은 페미니스트가 이미 비판한 전략이다. 그들은 자매적 연대라는 개념이 뿌리 깊은 젠더 분할을 교정할 수 있을지 의심했다. 파루디는 이렇게 말한다. "변화되지 않는 사회적, 경제적 권력 체제의 꼭대기에 여성의 얼굴을 끼워 넣는 것만으로 세계를 여성을 위한 것으로 바꿀 수는 없다."

조안나 브레너Johanna Brenner와 같은 사회주의 페미니스트들 또한 주류 여성주의가 여성들 사이의 심각한 긴장을 어떻게 얼버무리는지 지적한다.

> "우리는 관대하게도 노동 계급/가난한 여성과 중간 계급 전문직 여성의 관계를 모호하게 특징짓는다. 전문직 여성의 직업은 문제가 있다고 규정되는 사람들, 즉 가난한 사람들, 병든 사람들, 문화적으로 부적절한 사람들, 성도착적인 사람들, 제대로 교육받지 못한 사람들을 향상시키고 규제하는 것이다. 중간 계급 페미니즘 옹호자가 노동자 계급 여성을 대변한다고 주장하면서 이런 계급적 긴장이 페미니스트 정치 안으로 번져 들어가고 있다."

그러므로 현대 사회가 얼마나 성별화되어 있는지 인식하

는 것이 확실히 필요하지만 이 분할의 극복 방법을 분명히 인식하고 자본주의에 도전하지 않는 페미니즘의 한계를 깨닫는 것 또한 필수적이다.

자본은 현재 존재하는 성차별적 규범에서 이익을 얻고 성차별적 규범을 임금 노동의 착취적 성격과 결합시킨다. 여성의 야망과 욕망이 침묵당하고 저평가될 때 여성을 이용하는 것은 더 쉬워진다. 성차별주의는 여성들(특히 유색 인종 여성들)에게 더 적은 임금을 주고, 다른 방식으로도 차별할 수 있게 하는 기업의 수단이 되었다.

성차별주의를 뿌리 뽑더라도 자본주의의 고유한 모순은 지속된다. 여성이 힘 있는 지위를 차지하는 것도 중요하고 필요하다. 그러나 그렇게 돼도 노동자와 소유주 사이의 그리고 상층 여성과 하층 여성 사이의 근본적인 분할이 변하지는 않는다. 또 성차별주의보다 더 심각하게 여성의 발전과 안락한 삶을 저해하는 이유는 경제적이고 정치적인 영역에 있다. 대부분의 여성이 불안정한 저임금 노동을 하는 현실도 성차별주의만 근절해서는 바꿀 수 없다. 또 이윤 동기의 힘과 노동자들에게 경제·사회·문화적 기준이 허용하는 한 적게 주려고 하는 기업의 경향도 바꿀 수 없다.

물론 사회는 임금 관계로 환원될 수 없고 젠더 분할은 실제적이고 지속적이다. 계급을 진지하게 고려한다는 것은 성차별주의가 여성의 직장 생활과 가정생활 모두를 규정하는 역할을 한다는 것을 인정하면서도 여성들이 살고 일하는 물

질적 조건 안에서 여성의 억압을 직시한다는 의미다.

페미니즘 운동은 '사회 복지'를 추구하던 시기나 현재의 급진적인 시기 모두에서 상당한 성과를 거두었다. 현재의 과제는 이중적이다. 힘들게 얻은 승리를 지키고 모든 여성이 실제로 그것을 누릴 수 있게 만드는 것. 그리고 성차별과 이윤 창출 사이의 복잡한 관계를 다루는 새롭고 구체적인 요구를 제시하는 것.

이 이중의 과제를 어떻게 성취할지에 관한 쉬운 답은 없다. 과거에 여성들은 여성의 권리와 노동자의 권리를 동시에 추구함으로써, 즉 성차별주의에 대한 투쟁을 자본에 대한 투쟁과 연결시킴으로써 가장 큰 성과를 얻었다.

에일린 보리스Eileen Boris와 아넬리스 올렉Anelise Orleck이 주장하는 것처럼 1970년대와 1980년대에 "노조 페미니스트들은 가정, 직장, 노동조합 내에서의 여성의 권리를 위한 새로운 요구를 통해 여성 운동을 재활성화할 수 있다고 보았다. 항공사 여승무원, 의류 노동자, 가사 노동자들이 남성 지배적인 노동 조합 운동(1980년까지 AFL-CIO 집행위원회에는 단 한 명의 여성도 없었다)에 도전했고 그 과정에서 페미니즘은 새로워졌고 확장되었다.

노조 페미니스트들은 더 높은 임금과 평등한 기회뿐만 아니라 남성 노동조합원들이 대체로 지나쳤거나 평가 절하했던 육아, 유연 근무, 출산 휴가 그리고 다른 성과들을 요구함으로써 새로운 가능성의 영역을 만들었다.

Q: 사회주의와 페미니즘은 때때로 충돌하지 않나?

  자본의 욕구와 자본주의에 깊이 침투한 성차별 규범, 이 둘 다에 도전하는 투쟁과 요구를 향해 가는 것이 사회주의자와 페미니스트 모두가 지향해야만 하는 방향이다.

  지금도 이런 투쟁과 요구가 구체적으로 진행되고 있다. 예를 들어 '단일보험자의료개혁안'-즉 모든 사람에게 지불 능력에 관계없이 요람에서 무덤까지의 권리로서 보건을 제공하는 정책-을 위한 투쟁은 성차별과 노동자의 역할을 통제하고 억누르는 자본의 권력 모두를 약화시키는 요구다. 구체적으로 페미니즘과 사회주의의 목표를 결합하는 단기적인 다른 요구들도 많다. 예를 들면 무상 교육, 무상 보육, 그리고 튼튼한 사회 안전망과 결합된 보편적 기본소득 등이다.

  이러한 개혁들은 성차별주의, 착취, 그리고 사회적 삶의 상품화를 근절시키는 더 급진적인 목표로 나아가는 토대가 된다. 예를 들어 우리 생활에 핵심적인 제도, 즉 학교, 은행, 직장, 지방 자치 기구, 그리고 중앙과 지방 행정 기관들을 보다 집단적이고 민주적으로 통제한다면 모든 사람이 더 많은 권력과 자율성을 가지고 더 나은 삶을 살게 될 것이다.

  이 반자본주의적 전략은 여성이 필요로 하는 급진적인 변화도 가능하게 할 것이다.

  부정의한 체제에서 단순히 여성들에게 평등한 기회와 참여를 보장하는 데 머물지 않고, 모든 사람을 위한 정의와 평등을 추구한다는 점에서 궁극적으로 급진 페미니즘과 사회주의의 목표는 같다.

A: 궁극적으로 모든 사람을 위한
정의와 평등을 추구한다는 점에서
급진 페미니즘과 사회주의의 목표는 같다.

Q: 사회주의 사회가 되면
환경 위기는
더 심각해질 것이다?

- 알리사 배티스토니 -

자본주의는 세상을 엉망으로 만들고 있다. 기후 변화는 지구를 알아볼 수 없을 정도로 망가뜨렸다. 해안가 주거 지역이 물에 잠겼고, 가뭄과 온난화 현상 등 기상 이변이 심화됐다.

물론 이 파괴적 결과는 세계의 극빈층에게 가장 심각한 영향을 끼친다. 기업의 물고기 남획으로 어부들은 붕괴 지경까지 내몰렸다. 지구 인구의 절반이 사는 지역에선 깨끗한 물이 부족하다. 대량으로 비료를 사용하는 공장식 농업은 농토에서 영양분을 고갈시켰다. 환금 작물과 목축을 위해 무서운 속도로 숲이 베어지고 있다. 종의 멸종 속도는 혜성 충돌이 일어났던 시대와 비교될 정도다.

이런 문제들은 전구를 절전형으로 갈아 끼운다고 해결되는 문제가 아니다. 인간의 활동은 전 지구를 인간이 살기에

Q: 사회주의 사회가 되면 환경 위기는 더 심각해질 것이다?

위험할 정도로 변화시키고 있다. 인류의 일부는 다른 사람들보다 훨씬 더 많은 고통을 받는다. 그러나 우리가 추상적인 인류가 아닌 자본주의에 이 책임을 물어야 한다고 지적하면 익숙한 반박이 돌아온다. "사회주의 역시 환경을 파괴하지 않았나? 소련도 화석 연료에 의존해 생산을 운영했다. 결국 소련에서도 농토는 황폐해졌으며 강은 오염됐고 엄청나게 넓은 숲이 사라졌다."

> 우리는 생태적 재생산 노동을 높이 평가해야 한다. 즉 생태계의 활동이 지구를 인간이 살 수 있도록 유지해 준다는 것을 인정하고, 그에 따라 생태계를 돌봐야 한다.

소련의 환경 문제에 대한 기록을 보면 사회주의가 환경 친화적이라고 보기 어려운 것은 사실이다. 그러나 그렇다고 해서 온건한 환경 친화적 기업가들이 주장하는 것처럼 자본주의가 우리의 환경 문제를 해결할 수 있는 것도 아니고, 근본 생태주의자들이 주장해 온 것처럼 근대 산업 사회를 한꺼번에 포기해야 하는 것도 아니다. 자본주의는 환경을 더 악화시키면서도 적어도 잠깐 동안은 살아남을 수 있다. 그러나 안전과 안락함은 부자들의 몫이고 증가하는 피해는 나머지에게 돌아오는 '환경-아파르트헤이트eco-apartheid(환경-분리 격리 정책)'를 강화하면서 살아남을 것이다.

풍요로움과 평등을 추구하면서도 생산을 극대화하려던 20세기 사회주의자들의 꿈은 점점 더 옹호할 수 없는 것처럼 보인다. 마르크스주의자들은 공산주의가 자본주의 이후의 엄청나게 풍요로운 조건에서 생길 것이라고 주장했다. 일단 자본주의의 엔진이 굉음을 내며 돌아가기 시작하면 그것을 장악해 모두의 이익을 위해 사용할 수 있다는 것이다. 그러나 그 엔진은 더 이상 화석 연료로 돌아갈 수 없다. 그리고 현대의 소비 자본주의가 사회주의자들이 그렸던 풍요로운 사회는 아니다. 우리는 생산 수단을 장악할 뿐만 아니라 그것을 변형시킬 필요도 있다.

　또한 최근의 좌파가 제안했던 미래에 대한 다른 전망도 필요하다. 최근의 환경주의적 좌파는 사적이든 공적이든 간에 대규모 생산과 집중적 권력을 불신하는 아나키스트적 편향이 있다. 환경 문제는 장소에 따라 구체적으로 다르기 때문에 환경주의적 좌파들이 작은 규모의 지역적 해결책을 내놓았다는 것은 놀랄 일이 아니다. 그러나 생산과 소비의 지구적 체계에서 야기되는 기후 변화와 다른 환경 위기들은 정치경제학적이고 체계적인 문제들이다. 그것들을 다루려면 작은 규모의 대안적 실천 이상의 것이 요구된다. 그리고 환경 문제는 정치적 경계와 상관없이 일어난다. 우리는 환경적으로 상호 의존하고 있기 때문에 지속 가능성은 지구적인 연대를 통해서만 확보할 수 있다는 것도 기억해야 한다.

　21세기의 사회주의는 어떤 미래를 열망해야 하는가? 우리는 어떻게 화석 연료에 의존하지 않고, 환경도 파괴하지 않으면서 정의로운 사회를 달성할 수 있을까?

그 답을 찾는 과정에서 사회주의자들은 생존 가능한 삶을 만드는 노동에 관심을 기울인 사회주의 페미니즘의 전통을 참조해야 한다. 사회주의 페미니스트들은 오랫동안 사회적 재생산 노동, 즉 개별적으로 그리고 세대에 걸쳐 임금 노동자들을 보충하는 데 필요한 교육, 보육, 가사 노동, 그리고 요리와 같은 활동에 관심을 가져야 한다고 촉구해 왔다. 사회적 재생산에 관한 투쟁은 공장 바깥의 생활이 무엇을 요구하고 어떻게 가능한지에 초점을 맞춰 왔고, 우리는 거기에서 새로운 생활 방식의 조직을 배울 수 있다. 우리는 생태적 재생산 노동을 높이 평가해야 한다. 즉 생태계의 활동 덕분에 인간이 지구에서 살 수 있다는 것을 인정하고, 그에 따라 생태계를 돌봐야 한다.

어떤 사회주의자들은 모든 사람에게 줄 수 있는 엄청난 풍요를 원하지만 환경주의자들은 지나친 소비를 환경 악화의 주범으로 지목하는 경향이 있다. 그러나 모든 소비가 같은 것은 아니다. 자본주의는 값싼 상품을 만들기 위해 노동과 자연을 더 값싸게 투입하려 한다. 그 결과 자본주의 체제는 환경과 노동의 비용 및 수준을 끊임없이 하락시킨다. 값싼 상품이 반드시 나쁜 것은 아니다. 그러나 그것이 노동자와 생태계를 희생시킨 대가로 만들어져서는 안 된다. 사회주의 사회의 목표는 대중의 소비를 단속하는 것이 아니라

상품의 양보다 삶의 질을 강조하는 사회를 만드는 것이다.

우리는 풍요롭지만 또한 간소하게 사는 방법을, 금욕적이기보다는 미적으로 사는 방법을 찾아야 한다. 탄소를 적게 배출하는 사회주의적 미래의 삶은 노동과 쇼핑의 끊임없는 반복 대신에 생활을 아름답고 충만한 것으로 만들지만 자원을 집중적으로 소비하지는 않는 활동, 예를 들어 독서, 학습, 음악 활동, 춤, 스포츠, 하이킹, 다른 사람들과의 대화 등을 지향할 것이다.

> 사회주의 사회의 목표는 대중의 소비를 단속하는 것이 아니라 상품의 양보다 삶의 질을 강조하는 사회를 만드는 것이다.

공공재를 안정적으로 공급하면 낭비적 방식의 사적 소비를 줄이면서도 공동의 풍요를 누릴 수 있다. 이런 공공재에는 모두가 이용할 수 있는 공공 주택, 차를 소유하지 않아도 편리하게 이동할 수 있도록 잘 짜인 무상 교통 체계, 휴식을 제공하는 넓은 공원과 정원, 다양한 예술과 문화에 대한 지원, 공공 도서관, 농구 코트, 극장 등의 공간들이 포함된다. 흔히 도시는 에너지 효율적인 밀도 때문에 친환경적 미래의 핵심이 될 것이라고 선전된다. 그러나 친환경 도시는 도시 계획과 높은 빌딩 이상의 것을 필요로 한다. 사회주의는 도시를 우리의 필요와 욕구 추구를 위한 투쟁과 연대의 공간으로 만들어야 한다. 즉 공적인 자원을 해방과 번영의 수단으로 제공하고, 공공장소를 아름답고 쾌적한 공간으로 만들 것을 요구해야 한다.

자본가들은 기술이 환경 문제를 해결할 수 있다고 장담한다. 기술적 해결책이 만병통치약은 아니지만 기술을 벤처 자본가에게 넘겨줄 수는 없다. 유토피아 사회주의의 기획들은 오랫동안 인간의 능력, 자연, 그리고 기술이 결합되어 만들어진 더 좋은 세상을 상상해 왔다. 그리고 청정 에너지원으로부터 생명 기술까지 일련의 최신 기술들은 더 지속 가능한 미래의 일부가 되겠다고 약속한다. 그러나 기술이 사적으로 통제되고, 이윤을 위해서만 생산되고, 구매할 돈이 있는 사람만 접근할 수 있는 것이라면 그 기술의 잠재력은 자본가들만이 이용하게 될 것이다. 사회주의 사회는 이윤이 나지 않더라도 문제 해결을 위한 연구를 지원하고 그 결과인 기술을 공적 이익을 위해 사용하도록 보장할 것이다.

특히 에너지가 핵심이다. 에너지 사용은 탄소 배출량의 절반을 차지하고, 모든 면에서 현대적인 생활을 뒷받침한다. 재생 가능한 에너지 기술, 특히 태양력은 청정에너지의 풍부한 원천을 보장한다. 태양력 기술이 원래 소규모이고 민주적이라고 선전되지만, 사기업들은 거대한 태양열 발전소를 합병하고 있고 자신들이 청정에너지의 미래로 가는 전달자라고 주장한다. 신자유주의 시대의 전력 산업 탈규제화와 사영화는 중요한 청정에너지로의 전환을 가능하게 할 상호 연결된 전기 인프라를 공적으로 건설할 능력을 손상시켰다. 사회주의 사회는 이윤 대신에 환경과 건강상의 이점 그리고 사회적 필요에 근거해 어떤 에너지원을 사용할지 그리고 얼마나 빨리 전환이 이루어져야 하는지를 선택할 수 있을 것이다. 우리는 모두가 사용할 대규모 청정에너지 인프라를 건설할 수도 있다.

> 우리는 사적인 부를 축적하는 승산 없는 시도를 하기보다는 모두가 풍요롭고 충만한 삶을 살기에 충분할 만큼의 생산을 목표로 할 것이다. 우리의 필요가 충족된다면, 즉 모든 사람에게 충분한 시간이 주어진다면 다른 인간이나 종과 여유롭고 사회적인 관계를 맺으면서 인간적 잠재력을 실현할 수 있다.

새로운 기술은 그 자체로는 진보가 아니다. 기업들의 아전인수격 주장은 들을 필요 없다. 예를 들어 새로운 의료 전자 기기가 항상 더 나은 보건 환경을 가져오는 것은 아니며 아이패드가 더 나은 교육을 가져오는 것도 아니다. 실제로는 반대의 일이 훨씬 더 자주 일어난다. 사회주의 사회는 산업의 이윤을 보장하기 위해 낭비적으로 생산하고 소비하는 대신 민주적으로 선택된 목표에 근거해 새로운 기술을 만들고 실행할 것이다. 예를 들어 부자들을 위한 전자 장난감을 만드는 데 자원을 쏟아붓기보다는 깨끗하고 값싼 전기에 누구나 접근할 수 있게 할 것이다.

지속 가능한 사회주의에도 여전히 채굴 활동, 대규모 발전소, 그리고 공장이 있을 것이다. 이 중 어떤 것들은 보기 흉할 것이다. 그리고 어떤 것들은 그 지역의 생태계를 교란시킬 수도 있다. 그러나 노동자, 유색 인종과 원주민 공동체 등 저항할 힘이 없는 사람들에게 현대적 생산의 피해를 떠넘기는 대신에 우리는 어떤 피해를 수용할지, 그리고 어디서 어떻게 피해가 구체화될지를 의식적으로 결정할 것이다. 이때 오랫동안 생산 때문에 고통받아 온 사람들의 입장과 필요를 우선 고려할 것이다. 우리는 산업 현장을 황무지로 만들지 않을 수도 있고, 기계와 산업이 존재한다고 해서 반드시 황폐화되는 것은 아님을 알게 될 것이다. 우리는 경쟁에서 이기기 위해 원칙을 무시하기보다는 환경적 손상을 최소화하기 위한 비용을 기꺼이 지불할 것이다.

자본주의는 사적 이익을 위해 공적인 공동의 자원을 폐쇄하고, 전에 사용하던 사람들로부터 그것을 빼앗으며 시작되었다. 생산 수단의 집단적 소유는 땅, 바다, 그리고 대기에 대한 공동의 소유까지도 포함해야 한다. 그것은 그 공간들이 만들어 내는 자원을 공유할 뿐만 아니라 그 자원을 어떻게 사용할지도 함께 결정해야 한다는 의미다. 사회주의 사회는 그 공간들을 변덕스러운 산업에 넘겨주지 않을 것이다. 대신 과학적 지식을 사용해 공간 사용을 관리하고 규제하는 생태적 능력을 향상시킬 것이다. 우리는 지구 온난화를 부정하는 화석 연료 로비스트들의 거짓말보다는 인류가 기후 변화를 초래하고 있다는 98%의 과학자의 말에 귀를 기울일 것이다.

사회주의에서는 민주적으로, 그리고 이윤 극대화보다는 인간적 필요와 가치를 고려해 자원의 사용을 결정할 것이다. 생태적으로 지속가능한 사회주의는 오염되지 않고 때 묻지 않은 자연이라는 이상화된 개념을 보존하는 것이 아니다. 그것은 우리가 만들어 가고 살아갈 세상을 선택하고 그 세상을 인간이 아닌 다른 종과도 공유한다는 것을 인정하는 것이다. 살만한 세상은 모든 사람이 단지 생존하기 위해 애쓰는 대신 품위 있게 살 수 있는 세상이다.

그런 세상은 공장뿐 아니라 숲도 필요하고, 도시뿐 아니라 야생 보호 구역도 필요하다. 우리는 사람들에게 좋은 일자리를 제공하려 할 뿐만 아니라 또한 더 적게 일하는 사회를 만들 것이다. 우리는 일자리를 만들기만 하는 것이 아니라 어떤 노동이 정말 필요한지도 생각할 것이다. 우리는 어떤 공간은 절대 인간이 사용하지 못하게 보존할 것이고 야생 동물을 위해서뿐만 아니라 사람들이 도시 생활에서 벗어나 시간을 보낼 수 있도록 복원된 생태계의 일부 공간을 보존할 것이다. 우리는 사적인 부를 축적하는 승산 없는 시도를 하기보다는 모두가 풍요롭고 충만한 삶을 살기에 충분할 만큼의 생산을 목표로 할 것이다. 우리의 필요가 충족된다면, 즉 모든 사람에게 충분한 시간이 주어진다면 다른 인간이나 종과 여유롭고 사회적인 관계를 맺으면서 인간적 잠재력을 실현할 수 있다.

A: 사회주의에서는 이윤 극대화가 아닌 인간적 필요와 가치를 고려해 민주적으로 자원을 사용할 것이다.

Q: 사회주의자는 평화주의자인가?
정당한 전쟁이란 없는가?

- 조나 버치 -

사회당의 지도자였던 유진 뎁스^{Eugene Debs}는 1918년 6월 오하이오 주 캔턴에서 미국의 제1차 세계 대전 참전과 이를 결정한 우드로 윌슨 대통령을 비판하는 연설을 해 감옥에 가야 했다.

뎁스에 따르면 피비린내 나는 4년 동안 자본가의 이익을 위해 전 유럽이 대량 학살을 벌였지만, 이 전쟁에서 싸워야 했던 건 노동자들이었다. 어느 나라에서나 전쟁을 일으키고 전쟁으로 이익을 보는 사람들은 부자들이었고, 이 전쟁에 나가 죽은 수백만 명은 가난한 사람들이었다.

뎁스는 연설에서 군대는 왕이나 국가의 이름으로 서로 싸우도록 인민을 전장에 보냈고, 이는 오래전부터 있어 왔던 일이라고 말했다. "모든 역사 속의 전쟁은 정복과 약탈을 위한 것이었다. 지배 계급은 항상 전쟁을 선포하고 피지배 계급은 항상 전투를 치른다. 지배 계급은 모든 것을 얻고 어떤 것도 잃지 않지만, 피지배 계급은 아무것도 얻지 못하고 모든 것 특히 목숨까지 잃는다."

뎁스가 노동자들에게 준 메시지는 아주 단순한 것이었다. 노동자의 적은 독일인, 즉 다른 사람을 죽이라고 배에 실려 보내진 노동자 계급 출신의 병사들이 아니다. 진짜 적은 군대에 전투를 명령한 두 나라의 지배자들이다. 진짜 적은 자본가들, 그리고 미국과 독일 정부 내 자본가의 대리인들이다. 그들은 부유하고 권력이 있었기에 수백만의 운명을 좌지우지할 수 있었다.

뎁스의 연설은 미국 정부가 보기에 지나친 것이었다. 미국 정부는 1917년 제정된 자유로운 발언을 제한하는 법인 스파이법에 근거해 그를 체포했고, 10년 형을 선고했다. 놀랍게도 뎁스는 1920년 애틀랜타 연방 교도소에 수감된 상태에서 사회당 후보로 대통령 선거에 출마해 거의 100만 표를 얻었다.

자본주의를 위한 안전한 세상 만들기

우리는 뎁스의 예를 통해 전쟁 문제에 접근하는 사회주의 운동의 핵심 사상을 알 수 있다. 사회주의자들은 언제나 정복과 약탈을 위해 전쟁이 일어나는 자본주의의 경향은 자

본주의 체제의 야만성이 궁극적으로 표현된 것이라고 보았다. 전례 없는 규모로 조직되는 국가 폭력을 보면 자본주의가 인간의 필요를 이윤과 권력의 논리에 종속시킨다는 것을 알 수 있다. 민주적인 평등의 약속과 계급 억압의 현실 사이의 간극이 전쟁으로 드러날 때 우리는 자본주의 사회 질서가 근본적으로 정의롭지 않다는 것을 알게 된다.

> 사회주의자들은 미국 정부가 일으킨 전쟁에 반대하는 대중 운동을 지지한다. 전쟁에선 반드시 자유로운 발언과 민주적 권리의 제한이 수반되므로, 사회주의자들은 이에 반대하는 투쟁에 참여한다. 우리는 '국가적 통일'에 대한 지배 계급의 요청에는 반대하고, 국제적 연대와 노동자의 이익을 위해 싸우는 더 강한 계급 조직을 옹호한다.

자본주의에서 착취는 주로 시장을 통해 일어난다. 표면적으로는 강제가 아닌 것처럼 보이는 노동자와 고용주 사이의 계약 관계는 더 깊은 곳에 깔린 계급 불평등을 은폐한다. 그러나 자본주의 국가가 전쟁을 일으키는 힘은 자본주의 체제가 제대로 기능하기 위해 필수적이다. 미국 자본가들은 여전히 세계 경제에서 '게임의 규칙'을 강요하기 위해, 그리고 다른 나라 지배 계급과의 경쟁에서 유리해지기 위해 미국 정부의 군사력에 의존한다.

　사회주의자들은 미국 정부가 일으킨 전쟁에 반대하는 대중 운동을 지지한다. 전쟁에선 반드시 자유로운 발언과 민주적 권리의 제한이 수반되므로, 사회주의자들은 이에 반대하는 투쟁에 참여한다. 우리는 '국가적 통일'에 대한 지배 계급의 요청에는 반대하고, 국제적 연대와 노동자의 이익을 위해 싸우는 더 강한 계급 조직을 옹호한다. 장기적으로 우리는 이러한 운동을 민주적인 노선에 따라 사회를 급진적으로 변화시킬 더 폭넓은 투쟁으로 전환하려 한다.

　이런 식의 접근은 세계에서 가장 강력한 자본주의 국가인 미국에서 가장 중요하다. 오늘날 미국은 미국 다음으로 많이 지출하는 7개 국가의 군비를 합친 것보다 더 많은 군비를 쓴다. 세계적으로 약 800곳의 미군 기지가 있다. 미군 병사 또는 동맹국 군대는 지구의 모든 지역에 있다.

　1898년 스페인-미국 전쟁에서부터 최근의 아프가니스탄과 이라크 침공까지 지난 150년 동안 미국 정부는 제국을 성장시키기 위해 야만적인 전쟁을 벌여 왔다. 미국은 사업적 이익을 지키기 위해, 그리고 주요한 자원에 대한 미국의 통제를 위협하거나 세계적인 자본주의 체제의 안정을 약화시키는 운동들을 뿌리 뽑기 위해 아프리카, 아시아 그리고 라틴 아메리카에 계속 개입해 왔다.

　종종 이러한 군사적 모험은 억압적 국가들에 자유와 민주주의를 주기 위해서라거나 미국 시민을 위험으로부터 보호하기 위해 필요하다고 묘사되었다. 그러나 역사적 기록을

보면 이는 전혀 사실과 다르다.

  많은 사람이 근대 미국 제국주의의 여명으로 여기는 1898
년 스페인-미국 전쟁 당시에도 미국 정부는 인민을 스페인
식민주의의 굴레로부터 해방시킨다는 명분으로 쿠바, 푸에
르토리코, 그리고 필리핀을 침략했다. 승리가 확실해지자
워싱턴 정부는 그 세 지역을 미국의 보호령으로 만들었고
(푸에르토리코의 경우에는 직접 식민지로), 자신들의 의도를 자
비로운 것으로 포장했다. 이 나라의 인민이 자유와 민주주
의라는 미국의 약속을 문자 그대로 믿고 자유와 민주주의를
위한 대중적 독립 투쟁을 일으키자 미국은 이를 분쇄하기로
결정했다. 필리핀에서 1899년에 일어난 민족주의 반란은
필리핀인 수십만 명이 살해되고 진압되었다.

  그때부터 지금까지의 모든 전쟁에서 같은 양상이 되풀이
되었다. 미국 정부는 1917년에(윌슨 대통령이 1916년 선거에
서 반전 공약 덕분에 승리한 후인) "민주주의를 위해, 세상을 안
전하게 만들기 위해" 제1차 세계 대전에 참전하기로 결정
했다. 그때 미국은 자본의 경제적, 정치적 이익을 지키기 위
해 라틴 아메리카 전역으로 해병대를 보내고 있었다. 미국
은 제2차 세계 대전에도 "세계를 독재로부터 구하기 위해"
참전했다. 그러나 전쟁 후에는 이탈리아의 선거에 개입하고
그리스의 사악한 내전을 지원했으며 이란의 샤 정권 지원
에 시간을 보냈다. 미국은 한국과 동남아시아에서 그 지역
사람들을 공산주의로부터 "구하기" 위해 수백만 명을 무덤

으로 보냈으며, 남베트남과 남한에서 야만적인 독재 정권을 수립했다. 미국의 정책 수립자들은 이란의 모하마드 모사데크 정권으로부터 콩고의 파트리스 루뭄바^{Patrice Lumumba}와 칠레의 살바도르 아옌데까지 대중적 지지를 받는 민주적 정부를 전 지구에 걸쳐 노골적으로 전복시켰다.

이러한 활동들을 정당화하기 위해 미국 관리들은 자주 사악한 인종주의에 호소한다. 윌리엄 웨스트모어랜드^{William Westmoreland} 장군은 그가 베트남에서 자행했던 야만 행위를 정당화하면서 이렇게 말했다. "동양인은 서양인만큼 생명에 가치를 두지 않는다. … 우리 서양인이 생명과 인간의 존엄성을 높이 평가하는 데 비해 동양인은 그것을 신경 쓰지 않는다."

미국 정부의 해외에서의 민주주의와 자유에 대한 헌신은 미국 국내에서의 평등에 대한 헌신만큼이나 얄팍한 것이었다. 미국 정부는 민주주의를 찬양하는 자신들의 수사와는 달리 자원에 대한 각 나라 인민의 민주적 통제를 두려워한다는 사실을 반복해 보여 주었다. 세 명의 미국 대통령에게 외교 정책을 자문한 헨리 키신저^{Henry Kissinger}는 닉슨 행정부가 선거로 수립된 칠레의 사회주의 정부를 전복시키려 기울인 노력에 대해 말했다. "나는 어떤 나라가 그 나라 국민들의 무책임함 때문에 공산주의 국가가 되는 것을 수수방관해야 하는 이유를 도무지 모르겠다." 1980년대에 작은 나라 니카라과와 더 작은 나라 그레나다에서 좌파 정부를 약화시키기

위한 시도에서도 마찬가지였다.

> 미국 제국주의의 폭력의 범위와 규모를 고려한다면 사회주의자들이 미국 정부의 군사적 개입에 반대하는 것은 매우 중요하다. 그러한 입장은 진정한 노동자 계급의 연대를 위해 필수적이다. 미국 정부가 아프가니스탄의 결혼식 파티를 폭탄으로 날려 버리거나 이라크의 암살단을 보호해 줄 때마다, 그리고 미국 정부가 누군가를 아프가니스탄이나 관타나모 기지의 감옥에 가두고 CIA가 죄수를 고문하게 허락할 때마다 국경을 초월한 계급 연대의 가능성은 낮아진다.

더 최근에는 전 세계적 석유 생산의 중심지라는 이유로 미국과 미국의 제국주의 경쟁자들의 전쟁터가 된 중동 지역에서 이러한 양상이 되풀이되고 있다.

이라크와 아프가니스탄 전쟁이 미국인의 생명을 보호하고 알카에다를 분쇄하며 테러리즘을 근절하기 위해 필요하다고 정당화되었지만 이 전쟁은 그 어떤 목표도 달성하지 못했다. 더구나 그 전쟁들로 이란과 이라크에 민주적인 정부가 수립되지도 못했다. 반대로 이 전쟁에서 수십만 명이 목숨을 잃으면서 지역이 불안정해졌고 분파적 분열은 극심해졌다. 미국은 민주화 운동을 지원하기는커녕 이집트와 바레인에서 독재 정권을 지원했고 사우디아라비아와 아랍에미리트

연방에서 가장 사악하고 반동적인 군주제를 강화시켰다.

또한 미국은 이스라엘이 (가자 지구에서의 거의 규칙적인 대량 살상으로) 일상적인 폭력, 점령, 그리고 팔레스타인 사람들을 희생시킨 정착촌의 확장을 자행하도록 허락했다. 그리고 미국은 시리아 내전의 당사자들이 학살을 저지르도록 부추겼다. 민주주의를 향한 시리아인들의 투쟁은 그 학살로 수십만 시민이 흘린 피 속에서 익사했다.

미국 제국주의의 폭력의 범위와 규모를 고려한다면 사회주의자들이 미국 정부의 군사적 개입에 반대하는 것은 매우 중요하다. 그러한 입장은 진정한 노동자 계급의 연대를 위해 필수적이다. 미국 정부가 아프가니스탄의 결혼식 파티를 폭탄으로 날려 버리거나 이라크의 암살단을 보호해 줄 때마다, 그리고 미국 정부가 누군가를 아프가니스탄이나 관타나모 기지의 감옥에 가두고 CIA가 죄수를 고문하게 허락할 때마다 국경을 초월한 계급 연대의 가능성은 낮아진다.

미국이 폭격하고 점령하는 나라의 노동자들이 왜 미국의 노동자들과 연대해야 하는가? 미국 정부가 외국에서 벌이는 공작을 정당화하기 위해 반드시 덧붙이는 민족주의를 미국인들이 더 많이 믿을수록 억압과 착취에 대항하는 계급에 기반을 둔 운동의 등장은 불가능해진다.

그러는 동안 미국 노동자들의 지위는 더 악화되었을 뿐이다. 수천억 달러가 지구상의 다른 나라들을 공격하는 데 소비되기 때문에 미국 내 노동자들을 돕는 사회복지 프로그램

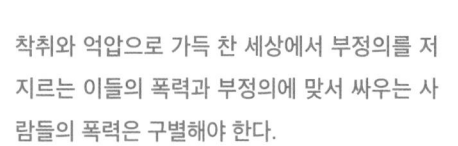

에는 쓸 돈이 없다. 외국에서의 전쟁을 뒷받침하는 피와 자원의 낭비, 인종주의, 그리고 반동적 분위기의 고양은 모두 미국 내의 노동자들에게 되돌아와 피해를 끼친다. 수백만의 미국인이 실업과 가난으로 고통받을 때 2조 달러 이상이 이라크 침략과 점령에 사용되는 것은 터무니없다.

이 모든 이유 때문에 미국의 노동 운동은 미국 정부의 전쟁 충동에 반대할 물질적 동기를 가진다. 사회주의자들이 전쟁과 제국주의에 반대하는 국제적 노동자 계급 운동이 필수적일 뿐만 아니라 가능하다고 생각하는 것은 이 때문이다.

내부의 적

미국 같은 나라의 사회주의자들이 자국 정부가 일으킨 전쟁에 반대한다고 해서 그들이 평화주의자라는 뜻은 아니다. 즉 사회주의자들이 모든 전쟁에 반대하거나 어떤 종류의 폭력에도 대항하는 원칙론적 입장을 가진 것은 아니다. 누가 전쟁을 일으키고 어떤 이해관계나 정책을 위해 전쟁을 하는지를 물어야 한다.

> 착취와 억압으로 가득 찬 세상에서 부정의를 저지르는 이들의 폭력과 부정의에 맞서 싸우는 사람들의 폭력은 구별해야 한다.

19세기 군사 이론가 칼 폰 클라우제비츠Carl von Clausewitz가 간파했듯 "전쟁은 다른 수단을 통한 정치의 연속이다". 클라우제비츠의 말뜻은 벌어지고 있는 전쟁의 성격을 이해하려면 누가 싸우고 있고 어떤 목적으로 싸우는지 이해해야 한다는 것이다. 물론 나폴레옹 전쟁 당시의 프러시아 장군이었던 클라우제비츠가 좌익 급진주의자일리는 없지만 그의 기본 관점은 사회주의자라면 이해해야 하는 중요한 것이다.

사회주의 운동이 전쟁을 근절하려는 이유는 전쟁이 야만적이고 비합리적이기 때문이다. 즉 전쟁은 엄청난 황폐화를 낳는 인간 생명과 사회 자원의 낭비다. 그러나 착취와 억압으로 가득 찬 세상에서 부정의를 저지르는 이들의 폭력과 부정의에 맞서 싸우는 사람들의 폭력은 구별해야 한다.

예를 들어 남아프리카의 아파르트헤이트의 폭력과 넬슨 만델라가 이끈 아프리카 민족회의의 무장 투쟁을 똑같이 취급할 순 없다. 350만 명이나 죽인 베트남 전쟁에서 미군의 폭력과 프랑스 및 미국 지배로부터 베트남을 해방시키기 위해 싸운 베트남 민족해방전선의 폭력에 관해서도 마찬가지다.

클라우제비츠의 격언은 사회주의 운동이 전쟁을 어떤 이익에 봉사하는지에 근거해 평가할 필요가 있음을 지적한다. 마르크스와 엥겔스 같은 사회주의자들이 남북 전쟁에서 북부 연합을 지지한 것은 우연이 아니다. 링컨은 노예 제도를 폐지하지 않더라도 미국을 재통합해야 한다고 공언했지만,

그들은 남부 연합에 반대하는 전쟁은 반드시 농장주 계급에 반대하는 전쟁이 될 것임을 알았다. 실제로 1840년대의 멕시코-미국 전쟁을 새로운 영토로의 노예제 확장으로 보아 반대했던 링컨은 북부가 노예 해방을 위한 전쟁에 그들을 동원해야만 겨우 승리할 수 있음을 깨달았다.

위의 이야기가 사회주의자들이 폭력에 대해 순전히 도구적으로 접근한다는, 즉 흔한 주장처럼 "사회주의자들은 '목적이 수단을 정당화한다'고 여긴다"는 의미는 아니다. 사회주의자들이 추구하는 변화를 성취하려 노력할 때 폭력은 장기적으로 명분을 약화시킬 뿐이다. 우리는 자본주의 사회가 가진 폭력적 능력과 맞먹는 힘을 가질 수는 없다. 사회주의를 향한 투쟁이 사회적이고 정치적인 싸움에서 군사적 투쟁으로 변한다면 우리 운동은 결국 약화될 뿐이다.

사회주의자들은 자신들이 반대하는 자국 정부와 적대적이라는 이유만으로 어떤 다른 나라의 정부를 지지하지는 않는다. 예를 들어 러시아와 중국이 우리의 지배 계급과 사이가 좋지 않다고 해서 우리가 그들의 제국주의적 폭력을 용서하는 것은 아니다.

더 근본적으로 (미국이든 다른 나라든) 정부의 억압에 저항하는 집단을 우리가 지지할 때 이 저항 세력을 언제나 무비판적으로 지지한다는 의미가 아님을 분명히 해야 한다. 아파르트헤이트 종식 이후의 남아프리카 공화국과 해방 이후 베트남에서 불평등이 심화되고 지구적 자본주의가 점점 더 많이 침투했다는 사실만 봐도 승리한 투쟁이 반드시 정의로운 결과를 낳는 것은 아님을 알 수 있다. 사회주의자는 억압에 저항하는 운동에 연대해야 하지만 정치적이고 전략적인 근거에서든 도덕적인 근거에서든 필요할 때는 언제나 기꺼이 비판해야만 한다.

그러나 우리는 특정한 충돌의 모든 측면을 똑같이 취급하지 않는다. 무엇보다도 우리는 세계의 노동 계급을 희생해 전쟁을 선전하고 군사적이고 정치적인 영향력을 확장하는 미국 정부에 반대한다. 독일 혁명가 칼 리프크네히트 Karl Liebknecht가 제1차 세계 대전 중 어느 연설에서 말한 것처럼 "주된 적은 내부에 있다".

그런 근거에서 우리는 특정한 제국주의적 개입에 도전할 뿐만 아니라 역사상 전례 없는 규모로 전쟁과 대량 폭력을 낳는 체제의 근본을 위협할 만한 국제적 운동을 만들기 원한다.

제국주의를 넘어서

오늘날 좌파는 그 목적을 완수하기에는 매우 약하다. 미국의 노동 운동은 전쟁 반대 운동을 유지할 능력이 부족하다. 그러나 유진 뎁스의 사례가 보여주듯 제국주의를 급진적으로 반대한 오랜 역사가 있고 우리는 거기서 희망과 영

감을 이끌어 낼 수 있다. 좌파적 반제국주의 전통은 유진 뎁스가 죽은 후에도 살아남았다. 제2차 세계 대전 후 매카시적 억압이 있던 냉전 시기에는 동력을 잃었지만 1960년대와 1970년대에는 되살아났다. 마틴 루터 킹 2세 같은 인물들은 베트남 전쟁을 점점 더 강력하게 비난했다. 종종 온건한 도덕주의자나 다문화적 자유주의의 선구자로 묘사되기도 하지만 킹은 실제로는 그가 이끌었던 운동과 함께 급진적으로 변한 선지자였다. 베트남 전쟁을 공개적으로 반대하기로 한 결정은 그가 점점 더 급진적으로 변했다는 것을 잘 보여준다. '공개적 반대'가 가져올 정치적 결과 때문에 가장 친밀한 조언자들조차 그 결정을 만류했다.

그들의 만류에도 킹은 암살당하기 정확히 1년 전이던 1967년 4월 4일에 그의 생애에서 가장 논란이 된 연설을 했다. 뉴욕 리버사이드 교회에서의 연설에서 킹은 베트남 전쟁에 반대하고 나섰고, 존슨 행정부에 폭격을 멈추고 남아시아에 주둔한 미군 50만 명을 철수하라고 요구했다.

민주당 행정부 정책의 "광기"를 비판하면서, 킹은 베트남의 보통 사람들이 미군 때문에 겪는 끔찍한 야만에 초점을 맞추었다. 그는 이렇게 결론 내렸다. 해방이라고 여긴 것이 부패하고, 비민주적인 정부를 지원하고, 모든 촌락을 파괴하고, 네이팜탄과 고엽제로 시골을 말려 죽이고, 여성과 어린이 그리고 노인들을 죽인다면 "베트남인은 미국인을 이상한 해방자로 볼 것이다".

Q: 사회주의자는 평화주의자인가? 정당한 전쟁이란 없는가?

미국 병사들, 주로 가난에 찌든 시골 마을과 단절된 도시 게토에서 징집된 노동자 계급의 아이들은 어땠는가? 베트남 습지에서 죽고, 죽이라고 보낸 병사들 중 아프리카계의 비율이 훨씬 높다는 점을 주목하면서 킹은 미국 정부가 "우리 미국 사회가 좌절시킨 흑인 젊은이들을 8,000마일 떨어진 곳으로 보내서는 그들이 조지아 주 남서부와 뉴욕의 이스트 할렘에서 누리지 못했던 자유를 동남아시아에서 누리게 해 준다"고 비난했다.

킹은 미국에서 '위대한 사회Great Society 정책'을 통해 가난과 싸우려는 존슨 대통령의 노력으로 희망이 한때 고취되었지만 베트남전의 격화로 깨지고 말았다고 지적했다. 킹은 "베트남에서와 같은 군사적 모험이 악마적이고 파괴적인 흡입관처럼 사람, 기술, 돈을 계속 빨아들이는 한" 미국 내에서 가난을 근절하려는 캠페인은 성공할 수 없다고 결론 내렸다.

킹은 이런 점들 때문에 존슨 행정부 내 그의 지지자들이 베트남 정책에 대한 공개적 비판을 자제해 달라고 강하게 압박했음에도 더는 침묵할 수 없었다고 말했다. 많은 미국 대도시에서 연속해 일어난 폭동이—많은 언론이 미국 내 폭동을 "흑인 극단주의자들"의 위협으로 규정하고 분개했다—상대적으로 사소한 파괴 행위를 저질렀음에도 불구하고 이것이 베트남에서 자행된 믿을 수 없이 거대한 규모의 폭력과 비교당하자 킹은 깨달았다. "내가 게토의 억압받는 이들을 향한 폭력에 반대하려면 먼저 오늘날 세상에서 가장 큰

124

폭력 조달업자, 즉 우리 미국 정부에 대해 분명하게 말해야 한다." 며칠 뒤 그는 뉴욕 센트럴 파크에서 전쟁에 반대하는 대규모 항의 행진을 벌였다.

> 베트남 전쟁의 민간인 사망자 수는 보수적으로 추산해도 당시 인구가 900만 명이었던 남베트남 한 곳에서만 200만 명이었다. 오늘날 미국 인구로 치면 거의 3,200만 명에 해당하는 수다.

후대에 '베트남을 넘어서'로 알려진 이 연설 때문에 그전까지 우호적이던 자유주의적 기득권층도 킹에게 분노했다. 백악관에서 존슨 대통령을 만나기로 한 일정도 취소됐다. 대통령의 고문 중 한 명은 사적인 글에서 킹이 "공산당 놈들과 한패가 되었다"고 썼다. 연설 다음 날 168개의 신문이 사설로 킹을 공격했다. 〈뉴욕타임즈〉는 베트남전에 대한 킹의 공개적 비난은 "쓸데없이 괜한 문제를 일으키는 짓"이라고 썼다. 〈워싱턴포스트〉는 한술 더 떠 킹에 대해 이렇게 말했다. "그는 그의 대의명분과 국가 그리고 사람들에게 쓸모없는 존재가 되었다."

킹은 미국 내 인종주의와 불평등이 해외에서의 전쟁과 서로 연결됨을 이해하게 되었다. 이 깨달음으로 킹은 지금까지 그를 지지한 자유주의자들과 불편한 관계가 되었다. 자유주의적 기득권층에서는 자주 있어 왔던 것처럼 세계

최강의 제국주의 국가로서의 미국의 지위에 문제가 제기되면 자유주의자들은 현 상황에 도전하려는 의지를 멈춰 버린다.

이런 문제들에 맞서고, 그의 옛 친구들에 도전하면서 킹은 미국에서 대중 운동이 발전하려면 결국은 직면해야 하는 일련의 이슈들과 대결하려 했다. 미국의 외교 정책에 의해 일어난 대학살을 무시하면서 미국 내에서의 사회 변화에 대해 말할 수는 없다. 이는 미국의 좌파와 특히 미래의 미국 사회주의 운동이 배울 가치가 있는 교훈이다.

A: 사회주의자들은 야만적이고
비합리적이라는 이유로 전쟁에 반대한다.
다만 억압하는 자의 폭력과
억압받는 자의 폭력은 다르다.

Q: 사회주의자들은 왜 그리
노동자 이야기를 많이 할까?

- 비벡 치버 -

대부분의 사람은 사회주의자들이 노동자 계급을 자신들의 정치적 전망의 중심에 둔다는 것을 알고 있다. 그런데 그 정확한 이유는 뭘까? 이런 질문을 학생들이나 활동가들에게 하면 여러 가지 대답을 듣는데, 가장 일반적인 반응은 도덕적인 것이다. 자본주의 아래서 노동자들이 가장 고통받고 있으므로 그들의 곤경에 초점을 맞추는 것이 핵심적인 과제라고 사회주의자들이 생각한다는 것이다.

물론 노동자들은 온갖 종류의 모욕과 물질적 궁핍에 직면해 있으며, 사회 정의를 위한 어떠한 운동이든 이를 중요한 과제로 다뤄야 한다는 것은 사실이다. 그러나 이게 전부라면, 이것이 우리가 계급에 초점을 맞춰야 할 유일한 이유라면 이 주장은 매우 쉽게 무너질 것이다. 어쨌든 소수 인종, 여성, 장애인 등 모욕과 부당함을 당하는 수많은 집단이 존재한다. 그런데 왜 유독 노동자인가? 왜 그저 모든 주변적이고 억압받는 집단이 사회주의 전략의 중심이라고 말하지 않는가?

계급에 초점을 맞추는 데는 단순한 도덕적 주장 이상의 이유가 있다. 사회주의자들이 계급 조직이 실행 가능한 정치적 전략의 중심이어야 한다고 믿는 이유는 두 가지 실용적인 요인과도 관련된다. 현대 사회에서 부정의의 근원이 무엇인지에 대한 진단과 더 진보적인 방향으로의 변화를 위한 최선의 수단이 무엇인지에 대한 처방이다.

자본주의는 쉽게 내놓으려 하지 않는다

사람들에겐 품위 있는 삶을 위해 많은 것이 필요하다. 그러나 두 가지는 절대적으로 필요하다. 첫 번째로 소득, 주거, 보건 같은 물질적 안정을 어느 정도는 보장받아야 한다. 두 번째는 사회적 지배로부터의 자유다. 만약 당신이 다른 누군가에게 통제당한다면, 그리고 그들이 당신을 대신해 중요한 많은 것을 결정한다면, 당신은 학대당할 위협에 항상 처해 있다는 것이다. 그러므로 구성원 대다수가 안정적인 직업을 가지지 못하거나 직업은 있지만 소득이 낮아 생활비가 부족하고, 다른 이들의 통제에 굴복하는 사회에서 사람들은 법과 규제가 만들어지는 과정에 목소리를 낼 수 없다. 즉 사

회 정의를 실현하는 것은 불가능하다.

자본주의는 품위 있는 삶의 필수적 전제 조건을 압도적인 대다수의 사람들로부터 빼앗아야 생존하는 경제 체제다. 매일 일하기 위해 출근하는 노동자들은 그들의 직업이 별로 안정적이지 않다는 것을 알고 있다. 고용주의 최우선 목표는 노동자의 행복이 아닌 이윤 창출이다. 노동자들은 고용주가 이 목표에 적합하다고 느끼는 만큼만 임금으로 받는다. 노동자들은 사장이 정해준 속도와 지속 기간에 따라 일한다. 노동자들은 이런 노동 조건에 복종한다. 그들이 원해서가 아니라 대부분의 노동자는 이 조건을 받아들이지 않으면 직장을 얻지 못하기 때문이다. 이것은 자본주의의 부수적이거나 주변적인 양상이 아니라 자본주의 체제의 결정적인 특성이다.

정치, 경제 권력은 이윤 극대화가 유일한 목표인 자본가들의 손에 달렸다. 이는 그들에게 노동 조건이 중요한 관심사가 아니라는 뜻이다. 그리고 이는 자본주의 체제가 근본적으로 부당하다는 의미다.

지렛대를 잡자

그러므로 우리 사회를 더 인간적이고 공정하게 만드는 첫 번째 단계는 수많은 사람의 삶에서 불안정성과 물질적 궁핍을 줄이고 자기 결정의 범위를 늘리는 것이다. 그러나 우리는 즉시 엘리트들의 정치적 저항에 부딪힌다.

> 노동 운동은 단지 여러 사회 운동 중 하나가 아니다. 노동 운동은 사회 안에서 권력의 주된 원천, 즉 노동자의 노동으로부터의 자본 축적에 도전하는 특별한 역할을 한다.

자본주의에서 권력은 평등하게 분배되지 않는다. 노동자들이 아니라 자본가들이 누구를 고용하고 해고할지, 누가 얼마나 오래 일할지 결정한다. 자본가들은 또한 가장 큰 정치권력을 갖는다. 왜냐하면 그들은 로비를 하거나, 캠페인에 자금을 대거나, 정당을 후원하는 등의 일을 할 수 있기 때문이다. 그리고 자본가들은 이 체제로부터 이익을 얻는 자들인데, 그들이 자신들의 권력과 이익의 축소를 가져올 수밖에 없는 변화를 권장할 이유가 있을까? 답은 뻔하다. 그들은 변화를 원하지 않는다. 그들은 현 상황을 유지하기 위해 최선을 다한다.

진보적 개혁을 위한 운동들은 정의로운 방향으로 가는 변화를 밀어붙일 때마다 자본 권력의 반격에 직면한다. 그것이 보건이든, 환경 규제든, 최저 임금이든, 고용 프로그램이든 정부에 의한 사회적 대책이나 소득 재분배를 요구하는 어떤 개혁에도 부자들은 일상적으로 반발한다. 왜냐하면 그

러한 제도들은 부자들의 소득 또는 이윤을 (세금을 더 걷는 방식으로) 감소시킬 게 뻔하기 때문이다. 이것이 의미하는 바는 진보적 개혁을 위한 활동이 자본가 계급과 그들의 정치적 하수인들의 저항을 이겨낼 수단과 힘의 공급자를 찾아야 한다는 것이다.

노동 계급에겐 그런 힘이 있다. 노동자들이 매일 일을 해야만 자본가가 이윤을 얻을 수 있고, 노동자들이 이를 거부하면 이윤은 하룻밤 사이에 고갈될 것이라는 단순한 이유 때문이다. 그리고 고용주들이 관심을 갖는 단 하나의 경우가 있다면 그것은 화폐가 흐름을 멈추는 때이다.

파업과 같은 행동이 단지 특정한 자본가를 무릎 꿇리는 잠재력만 가진 것은 아니다. 훨씬 더 멀리 직접적으로 또는 간접적으로 자본가들에게 의존하는 정부를 포함해 층층이 쌓인 제도들에까지 충격을 줄 수 있다. 단지 노동을 거부하기만 해도 전체 시스템을 무너뜨릴 수 있는 힘은 이 사회에서 자본가들을 제외한 다른 집단에는 없는 수단이다. 우리가 자본주의 300년 역사에서 배운 결과에 따르면, 자본가들의 반발을 극복하고 진보적인 사회 변화를 이루기 위해선 노동자들을 조직해 그들이 그 힘을 사용할 수 있게 하는 것이 가장 중요하다.

그러므로 노동자들은 현대 사회에서 체계적으로 억압받고 착취당하는 사회 집단의 하나일 뿐만 아니라 실제로 변화를 일으킬 수 있고, 체제를 운영하는 은행가와 산업 자본가 등 권력의 핵심으로부터 양보를 받아낼 수 있는 최상의 위치에 있는 집단이다. 그들은 매일 자본가들과 계약을 맺으며, 자본가들과 계속 반복되는 갈등에 존재의 일부처럼 묶여 있다. 그들은 자신들의 삶의 질을 향상시키고자 할 때 자본가들과 대결해야 하는 유일한 집단이다. 광범위한 정치 운동을 조직하기에 노동자 계급보다 더 합당한 세력은 없다.

그리고 이것은 이론에 그치지 않는다. 가난한 사람들의 물질적 상태를 개선하거나 시장에 대항해 더 많은 권리를 쟁취하는 등 지대한 영향을 미친 개혁들이 지난 100년 동안 밟아온 조건을 돌이켜 보면, 그것들은 언제나 노동 계급의 동원에 기반을 뒀다. 복지 국가의 인종 차별 금지 제도뿐만 아니라 시민권이나 참정권 투쟁 같은 현상에서도 마찬가지다.

흑인이든 백인이든, 여자든 남자든, 가난한 사람의 몫을 늘리는 어떠한 운동이라도 그 기반은 일하는 사람들이었다. 이것은 유럽에서나 지구 남반부에서나 미국에서나 마찬가지다.

노동 계급이 사회주의의 정치 전략에서 그렇게 중요한 것은 자본으로부터 실질적인 양보를 이끌어낼 수 있는 힘 때문이다. 물론 노동자들은 모든 자본주의 사회에서 다수를 차지하며, 그들이 구조적으로 착취받는다는 사실이 그들의 역경을 더 절박한 것으로 만든다. 이러한 도덕적 절박함과 전략적 힘의 결합이 사회주의 정치가 노동 계급에 기반을 두는 이유다.

A: 노동자는 자본주의 체제의 심장이다.
그리고 그것이 노동자가 사회주의 정치의
중심인 이유다.

Q: 사회주의 사회는 단조롭고
지루하지 않을까?

- 대니 캐치 -

2081년, 모든 사람은 마침내 평등해졌다. 그들은 신과 법 앞에서만이 아니라 모든 면에서 평등하다. 어떤 사람도 다른 사람보다 더 똑똑하지 않고 어떤 사람도 다른 사람보다 더 잘 생기지 않았다. 어떤 사람도 다른 사람보다 더 강하거나 빠르지 않다. 이 모든 평등은 수정 헌법 제211조, 제212조, 제213조와 미합중국 장애부 소속 직원들의 끊임없는 감독 덕분에 유지된다.

이것은 내가 상상한 2081년이 아니라 커트 보네거트^{Kurt Vonnegut}가 쓴 《해리슨 버거론^{Harrison Bergeron}》의 첫 부분이다. 이 소설은 모든 사람이 다 똑같아진 가까운 미래에 대한 이야기다. 매력적인 사람들은 가면을 써야 하고 똑똑한 사람들은 시끄러운 소리로 그들의 생각을 규칙적으로 방해하는 이어폰을 껴야 한다.

사람들이 보네거트에게 기대하는 요소, 즉 다리에 무게추를 단 무용수들의 발레 공연처럼 어두우면서도 우스운 장면도 있지만 《해리슨 버거론》은 그의 다른 소설들과는 달리 "평등은 오직 가장 능력 있는 사람을 평범한 대중의 집단으로 끌어내림으로써만 이룰 수 있다"는 반동적 전제에 기반을 두고 있다.

공상 과학 소설에서 사회주의는 자주 잿빛 디스토피아로 묘사되는데, 이는 많은 예술가가 자본주의에 대해 갖는 양면적 태도를 반영한다. 예술가들은 종종 그들이 사는 자본주의 사회의 반(反)인간적 가치와 상업화된 문화를 역겨워하지만, 자본주의 사회에서 창의적인 개성을 표현할 수 있는 독특한 지위를 누리고 있다는 것도 안다. 물론 그것이 팔려야 하지만 말이다. 예술가들은 사회주의가 그들의 지위를 빼앗고 단순한 노동자 수준으로 끌어내릴까 봐 두려워한다. 왜냐하면 그들은 예술가만이 아니라 모든 구성원의 예술적 표현의 가치를 인정하고 북돋워 주는 세계를 상상할 수 없기 때문이다.

물론 사회주의 사회가 암울하고 따분할 것이라 상상하는 또 다른 이유도 있다. 스스로 사회주의라고 칭했던 사회가 대부분 암울하고 따분했기 때문이다. 소련의 지배를 끝장낸 동유럽에서의 혁명 직후에, 롤링 스톤즈가 이제는 전설이 된 콘서트를 프라하에서 열었다. 거기서 그들은 문화적 영웅으로 환영받았다.

　여기서 함정은 그때가 이미 믹 재거와 키스 리처드가 거의 50살이 다 된 1990년이었고, 아주 끔찍한 노래였던 '할렘 셔플Harlem Shuffle'이 유행한 지도 한참 지난 뒤였다는 것이다. 책을 검열했고 시위를 금지했다는 그런 심각한 사실까지 언급할 필요조차 없다. 당신이 스탈린주의 사회가 얼마나 지겨웠는지 이해하고 싶다면 '할렘 셔플' 뮤직 비디오를 보고 나서 유럽에서 가장 멋진 도시 중 한 곳이 겨우 롤링 스톤즈를 볼 기회를 얻었다는 기쁨에 정신이 나간 모습을 생각해 보면 된다.

　　　　훌륭한 사회주의자가 되고 싶다면 인간을 좋아하는 것이 무척 도움이 될 것이다.

　그런데 사회주의가 지겹다는 것이 정말로 문제인가? 어쩌면 그런 사소한 문제를 자본주의에서 항상 존재하는 두려움과 비교하는 것은 어리석고 너무 지나친 것처럼 보이기도 한다. 기후 변화로 인해 점점 더 증가하는 허리케인과 산불의 위험, 집이나 직업을 잃은 트라우마, 옆자리에 앉은 남자가 당신을 데이트 강간의 표적으로 삼고 있는지도 모른다는 불안감은 어떤가. 우리는 세계 멸망이나 역경에 직면하는 영화를 보는 것을 좋아하지만, 실제 삶에서는 대부분 예측 가능하고 반복적인 일상을 선호한다.

　사회주의가 지루할까 봐 걱정하는 것은 '배부른 소리'처럼 들릴 수도 있다. 물론 가난, 전쟁, 인종 차별 등이 사라지면 좋겠지만… 그래도 내가 지겨워지면 어쩌지?

물론 그건 문제다. 왜냐하면 우리는 창의성과 흥분이 없는 사회에서 살고 싶지 않기 때문이다. 두 번째 문제는 우리를 위한 것이라고 생각하든 그렇지 않은 간에 창의성과 흥분을 질식시키는 지배 집단이나 계급이 분명 있다는 것이다. 마지막으로 사회주의가 진부하고 고정된 것이라면 그것은 자본주의를 대체할 수 없을 것이다. 왜냐하면 자본주의는 여러 가지의 나쁜 이름으로 불려왔지만 지겨운 체제라고 불린 적은 없었기 때문이다.

자본주의는 지난 200년 동안 세계를 계속해서 혁명적으로 변화시켰다. 그리고 우리가 생각하고, 보고, 소통하고, 일하는 방식을 바꾸었다. 1960~70년대의 저항과 파업의 세계적 물결에도 이 체제는 불과 몇십 년 만에 빠르고 효과적으로 적응했다. 노동조합이 결성되면 공장 문을 닫고 외국의 다른 곳으로 옮겨 버렸다. 정부의 공식적인 역할은 사람들을 돕는 것에서 기업이 그 역할을 대신 하도록 돕는 것으로 이동했다. 그리고 마지막으로 이 모든 변화와 다른 변화들은 저항자들이 오래전부터 투쟁으로 얻으려 한 모든 것이 상품화되어 버린 것처럼 상품으로 전락했다. 모든 남성, 여성, 그리고 아이는 원하는 만큼 많은 스마트폰과 찢어진 청바지를 살 수 있는 평등한 권리를 가지고 태어난다.

자본주의는 이전의 경제 체제보다 훨씬 더 빠르게 스스로

를 재창조할 수 있다. 마르크스와 엥겔스가 《공산당 선언》에 쓴 것처럼 "변하지 않는 형태로 과거의 생산 양식을 보존하는 것은 초기 산업 계급의 첫 번째 조건이다. 생산을 끊임없이 혁명적으로 바꾸는 것, 현재 존재하는 사회적 조건들을 끊임없이 교란시키는 것, 계속 일어나는 동요와 선동이 자본주의 시대를 앞선 시대들과 구별한다." 이전의 계급사회들은 현 상황을 유지하기 위해 필사적으로 노력했지만, 자본주의는 현 상황을 전복시킴으로써만 번영한다.

그 결과는 끊임없이 움직이는 세계다. 어제의 공업 지역은 오늘 슬럼이 되고, 내일은 가장 뜨는 동네가 된다. "견고한 모든 것은 증발한다." 이것은 《공산당 선언》에 나온 유명한 문장이면서 마샬 버먼Marshall Berman의 놀라운 책의 제목이기도 하다. 그는 현대 자본주의 사회에 산다는 것은 "우리에게 모험, 권력, 기쁨, 성장, 우리 자신과 세계의 변화를 약속해주는 환경에 사는 것이고 동시에 우리가 가진 모든 것, 우리가 아는 모든 것, 그리고 우리 존재의 모든 것을 파괴할 수도 있는 환경에 사는 것이다"라고 썼다.

그러나 우리 삶의 대부분은 결코 자극적이지 않다. 우리는 우리가 영혼이 없는 기계가 되길 바라는 상사를 위해 일한다. 아주 멋지고 새로운 발명품이 우리 직장에 도입되면 우리는 그 기계에 의존한다. 그리고 결국은 더 짧은 시간에 더 많은 일을 하게 된다. 이런 일은 경영자의 열정을 불러일으킬 수는 있지만 우리 일상을 더 지겹고 단조로운 일들로 가득 차게 한다.

노동 바깥에서도 똑같다. 학교의 가장 기본적인 역할은 '직업 적합성'을 제공하는 것인데, 이는 아이들이 노동의 역겨움을 견딜 수 있게 준비시킨다는 의미를 완곡하게 표현한 것이다. 심지어 온전히 자신을 위한 것이 되어야 하는 조금의 시간마저, 실제로는 밥, 빨래, 청소, 숙제 검사 등 우리와 우리 가족들이 내일의 노동을 준비하는 데 소비된다.

우리 대부분은 자본주의의 흥분을 어딘가 다른 곳에서 일어나는 다른 세상의 일로만 경험한다. 부자들을 위한 최신 제품, 유명 인사들을 위한 열광적인 파티, 당신의 소파에서 누워 관람하게 될 놀라운 공연 등. 좋은 점이 있다면 적어도 이것들 대부분은 '할렘 셔플'보다는 낫다는 점이다.

우리가 흥분을 직접 경험할 때도 있는데 그건 운수 사납게도 우리가 하는 일이 끝장나기에 겪는 흥분이다. 우리 일자리가 새로운 로봇으로 대체되고 집세는 길 건너편에 아름답고 호화로운 건물이 들어선 이후로 미친 듯이 오른다. 설상가상으로 우리가 불만이라도 말하면 진보를 가로막는다고 비난받게 된다.

사회 진보를 명분으로 개인을 희생시키는 것은 사회주의의 끔찍한 일 중 하나다. 그 사회주의는 공동선을 위해 행동한다고 여겨지는 익명의 관료들이 운영하는 세상이다. 그러나 자본주의에서도 우리를 알지도 못하면서 우리의 수술 여부를 결정할 수 있는 건강 보험 관료부터 학교는 '실패자'가

되려고 가는 게 아니라고 선언하는 억만장자들이 만든 재단에 이르기까지 눈에 보이지도 않고 우리가 뽑지도 않은 많은 이들이 우리의 결정을 대신한다.

사회주의에도 많은 변화, 격변, 심지어 대혼란이 있지만 이런 혼란은 할 드레이퍼Hal Draper가 말한 것처럼 아래로부터 온다. 러시아 혁명기에 볼셰비키가 이끈 소비에트 정부는 권력을 잡은 지 겨우 한 달 만에 결혼을 교회의 통제로부터 빼앗았다. 그리고 부부 어느 한 쪽의 요구만으로도 이혼할 수 있게 했다.

이러한 법들은 러시아 시골 마을에서 유행한 노래 가사가 증언하듯 가족이 유지되는 방식과 여성들의 삶을 극적으로 변화시켰다.

> 예전엔 내 남편은 주먹과 힘을 썼지.
> 지금 그는 매우 상냥해졌어.
> 이혼이 두려워서겠지.
> 나는 더 이상 남편이 무섭지 않아.
> 마음이 맞지 않는다면 나는 법원에 갈 거야,
> 그리고 이혼해 버릴 거야.

물론 이혼은 우리를 자유롭게도 해 주지만 마음 아프게도 한다. 혁명은 지도자로부터 사랑하는 사람까지 모든 것을 새로운 시각에서 볼 수 있게 해 주었다. 이는 흥분될 수도 있지만 몹시 고통스러울 수도 있다.

트로츠키는 1923년 어느 신문에 이렇게 썼다. "전쟁과 혁명이라는 거대한 사건들이 낡은 모습을 한 가족에게 닥쳐왔다. 뒤이어서 비판적인 생각, 가족 관계와 삶의 형태에 대한 의식적 연구와 가치 평가라는 눈에 띄지 않는 변화가 서서히 다가왔다. 이러한 과정이 가족 관계에서는 가장 친밀하기 때문에 오히려 가장 고통스러운 반응을 일으켰다는 것은 놀랍지 않다."

또 다른 기사에서 트로츠키는 혁명기 러시아에서의 일상적 경험을 "노동 대중의 일상생활이 부서지고 완전히 새로 형성되는 과정"으로 묘사하고 있다. 자본주의와 마찬가지로 사회주의로 향하는 첫 번째 단계도 창조의 약속과 파괴의 위협을 동시에 제시한다. 그러나 트로츠키는 인민이 자신들의 세상이 어떻게 변할지를 적극적으로 결정한다는 점에서 근본적인 차이가 있다고 썼다.

사람들은 차르와 세계 대전이 그들에게 물려준 가난과 문맹까지 완전히 통제할 수는 없었다. 그러나 10월 혁명과 스탈린이 권력을 최종적으로 공고화했던 그 시기 사이에는 이러한 비참한 조건 속에서도 대다수 계급에게 새로운 문이 열리는 흥분된 사회가 처음으로 등장했다.

예술과 문화가 폭발했다. 최첨단의 화가와 조각가들이 러시아 도시의 광장을 그들의 미래파 예술 작품으로 장식했다. 기록에 따르면 레닌은 미래파를 싫어했지만 그렇다고

미래파 잡지인 〈코뮌의 예술〉에 정부 재정 지원을 멈추지는 않았다. 발레 공연장과 극장은 대중에게 개방되었다. 문화 집단과 노동자 위원회가 함께 예술과 예술 교육을 공장 안으로 들여왔다. 영화감독 세르게이 에이젠슈타인 ^Sergei Eisenstein 은 러시아 혁명을 묘사한 그의 영화에 획기적인 기법을 사용해 세계적인 명성을 얻었다.

《해리슨 버거론》의 터무니없는 전제는 논박됐다. 사회주의는 능력 있는 예술가를 평등에 대한 위협으로 여기지도 않고, 개별 예술가의 가치를 인정하는 것과 이전에는 엘리트적이었던 예술 세계를 노동자와 농민 대중에게 개방하는 것 사이에서 어떤 모순도 느끼지 않았다.

세계가 겨우 몇 년의 짧은 기간 동안 러시아 혁명에서 목격한 사회주의의 가능성은 한줌의 이론가들이 통제한 아무 소득 없는 실험이 아니라 수천만의 인민들이 혼란스럽지만 가슴두근거리며 만들어 낸 것이었다. 인민은 그들이 자본주의에서 살면서 얻게 된 모든 기술, 장애물, 그리고 신경증을 이용해 사회를 운영하고 서로를 대하는 다른 방법을 찾기 위해 나라가 가난과 전쟁으로 찢긴 끔찍한 환경 속에서도 더듬거리면서 나아갔다. 그들은 모든 것을 엉망으로 만들기도 했지만 또한 사회주의가 진짜 인간의 필요에는 맞지 않는 유토피아적 공상이 아니라 진정한 가능성이라는 것을 보여주었다.

그들이 지향한 사회는 평등이 사회 전반의 문화적이고 지적인 수준을 저하시키는 것이 아니라 향상시키는 곳이었다. 사회주의를 다루는 많은 소설, 영화 그리고 다른 예술 작품에서는 이혼율의 상승과 예술에 관한 열띤 토론은 거의 언급되지 않는다. 그런 예술 작품들 대부분은 사회주의를 고무할 목적으로 만들어진 것까지 포함해 갈등 없는 사회를 상상한다. 그 때문에 사회주의는 더 기이하게 보인다.

비슷한 문제가 오늘날의 많은 저항 운동에도 존재한다. 어떤 활동가들은 만장일치 모델에 따라 운동과 회의를 조직하고 싶어 한다. 만장일치 모델은 거의 모든 참석자가 어떤 결정에 동의해야만 그 결정이 통과되는 방식을 뜻한다. 만장일치는 서로를 모르고 신뢰하지 않는 사람들 사이에서 신뢰를 쌓기에는 때때로 효과적인 방법이 될 수 있다. 당연히 민주적일 것이라고 여겨지는 집단의 대부분 사람들이 토론, 논쟁, 그리고 다수결의 민주적 과정에 참여한 경험이 거의 없기 때문에 그렇다.

> 우리 대부분은 자본주의의 흥분을 어딘가 다른 곳에서 일어나는 다른 세상의 일로만 경험한다. 부자들을 위한 최신 제품, 유명 인사들을 위한 열광적인 파티, 당신의 소파에서 누워 관람하게 될 놀라운 공연 등.

그러나 조직가가 만장일치를 일시적인 전술이 아니라 사

회 작동 모델로 본다면 문제가 발생한다. 나는 충돌과 논쟁이 있는 민주적인 사회에 살고 싶다. 거기에서 사람들은 자신이 믿는 것을 옹호하는 데 두려움을 느끼지 않고, 합의에 도달했을 때 처음부터 동의한 척 하기 위해 의견을 완화시켜야 한다는 압력을 느끼지도 않는다. 당신이 생각하는 사회주의가 사람들이 논쟁을 멈추고 때때로 머저리처럼 행동하는 것이라면 당신은 사회주의 말고 다른 정치 노선을 알아보는 것이 나을 것이다.

레닌이 언젠가 쓴 것처럼, 사회주의는 "추상적인 인간이라는 재료, 즉 우리 공산주의자들이 특별히 준비한 인간이라는 재료로 만들어지는 것이 아니라 자본주의가 우리에게 물려준 인간으로 만들어질 것이다. 사실 그것은 쉬운 문제가 아니지만 사회주의 건설에서 이 문제보다 더 심각하게 토론할 가치가 있는 것은 없다."

좋은 사회주의자가 되려면 사람을 좋아하는 것이 도움이 될 것이다. 개념으로서의 인류가 아니라 살아 있는, 땀 흘리는 사람들 말이다. 《견고한 모든 것은 증발한다》에서 버먼은 뉴욕 시의 공공 계획자였던 로버트 모제스Robert Moses에 관한 이야기를 들려준다. 그는 구상한 새 고속도로를 가로막는 동네 전체를 밀어 버렸다. 그의 친구가 언젠가 말했다. "모제스는 공적 대중을 사랑했지만, 살아 있는 사람으로서 사랑한 것은 아니다". 그는 비록 그가 마주치는 뉴욕의 노동자 계급 대부분을 혐오했지만 대중이 사용할 공원, 해변, 그리고 고속도로를 건설했다.

공적 대중을 사랑하지만, 사람을 사랑하지 않는 것은 또한 엘리트 사회주의자들의 특징이다. 그들의 신념은 영감을 받고 해방된 수억의 사람들이 얼마나 놀라운 성과를 성취할 수 있는가보다는 5개년 개발 계획, 유토피아적 청사진, 미래의 선거에서 승리하는 것에 달려 있다. 이것이 그들의 사회주의에 관한 전망이 생명력 없고 상상력이 부족했던 이유다.

이와 대조적으로, 종종 고립된 지식인으로 묘사되는 마르크스는 시끄럽고, 논쟁적이고, 재밌고 열정적인 사람이었다. 한때 그가 가장 좋아하는 경구는 "나는 인간이다. 따라서 나는 인간적인 어떤 것도 낯설게 여긴 적이 없다"였다. 나는 영광스럽기도 하고 격분시키기도 하는 다양한 재능, 인격, 광기, 그리고 정열을 가진 다수의 인간이 지배하는 사회가 어떻게 지루해질 수 있는지 상상하기 어렵다.

A: 사회주의가 우리를 단조로운 평범함으로 이끌려는 것은 아니다. 사회주의는 모두의 창조적 잠재력이 발휘되길 바란다.

《사회주의 ABC》의 출간은 버니 샌더스 덕분이기도 하다. 20세기 후반 이후 사회주의는 인기 없거나 금지된 위험한 사상이었다. 자신을 사회주의자라 천명한 정치인이 기득권 정치의 대명사이자 진보 세력 상당수의 지지를 등에 업은 힐러리 클린턴과 비슷한 지지를 얻은 현상은 전 세계적인 뉴스였다. 그러나 미국에서 사회주의 정치인이 인기를 얻은 것은 이번이 처음이 아니다. 1912년 미국 대선에선 사회당 후보인 유진 뎁스는 유효표의 6%인 약 100만 표를 획득했다. 제2차 세계 대전이 끝날 무렵까지도 사회주의는 유럽에서만큼은 아니지만 미국에서도 꽤 평판 좋은 정치 노선이었다. 사회주의의 위세에 눌려 두려워진 유럽의 지배 계급은 파시즘에 기대서라도 사회주의 세상을 막으려 했다. 1917년 러시아 혁명은 사회주의 정치의 하이라이트였다. 지금부터 딱 100년 전 러시아 대중은 스스로의 힘으로 최초의 사회주의 사회를 열었다. 20세기 초반 사회주의의 상승에는 배경이 있다. 1870년대와 1930년대의 파괴적 대공황, 그리고 사회를 거의 궤멸시킨 두 차례의 세계 대전을 겪은 사람들은 싫든 좋든 자본주의가 끝나고 새로운 사회가 오는 것은 피할 수 없다고 생각했다.

100년이 지났다. 미국과 유럽에서 좌파 정치가 돌아오고 있다. 주변부에서는 더 큰 규모의 치열한 싸움이 이미 벌어지고 있다. 이런 약진 역시 고유한 배경이 있다. 신자유주의 시기 내내 계속된 삶의 불안정성과 불평등의 확대는 2008

년 금융 위기를 계기로 폭발했다. 이제 사람들은 전 세기의 선조들처럼 다른 세상을 원하기 시작한다. 〈자코뱅〉은 미국 사회의 이런 변화와 함께 성장한 매체다. 금융 위기와 오큐파이 운동의 와중에 등장한 이 본격 좌파 잡지는 샌더스만큼이나 인기가 급상승해 매주 수백 명씩 구독자가 늘고 있다. 〈자코뱅〉에는 젊은 사회주의 연구자, 활동가, 교육가 외에도 에릭 올린 라이트처럼 사회주의의 오랜 주창자였던 이들도 합류했다. 오랜 시간 고립되었던 이들이 〈자코뱅〉을 통해 대중과 더 많이 대화하게 되었다. 〈자코뱅〉은 "사회주의의 기본 개념을 묻는 독자들의 질문에 답하고 미래 세대의 급진주의자들을 위한 입문서가 되기를 기대"하며 《사회주의 ABC》를 펴냈다. 여기서 샌더스가 다시 등장한다. 샌더스가 도대체 어떤 사회를 지향하는지 궁금해진 대중에게 사회주의를 알려 주고, 또 샌더스 덕분에 생긴 사회주의에 대한 오해를 교정하는 것이 《사회주의 ABC》의 또 다른 목적이다.

물론 러시아 혁명 이후 흐른 100년이란 시간은 과거와는 다른 사회주의를 낳았다. 〈자코뱅〉은 러시아 혁명 당시 그리고 그 혁명이 만든 현실 사회주의와 오늘날의 지향이 어떻게 다른지 해명한다. 그리고 그보다 더 많은 분량을 사회주의의 쇠퇴기에 진보와 좌파의 이름으로 불렸던 사상과 운동이 사회주의와 어떻게 같고 다른지를 설명하는데 할애한다. 이 책은 사회주의가 생태주의, 페미니즘, 인종 차별 철폐 운동과 맺는 관계를 해명한다. 하지만 동시에 계급, 노동, 제국주의가 여전히 또 지금까지보다 더 중요한 의제임도 분명히 한다. "사회주의자들은 계급 조직이 실행 가능한 정치 전략의 중심이어야 한다고 믿는다." 왜냐하면 "노동 운동은 단지 여러 사회 운동 중 하나가 아니다. 노동 운동은 사회 안에서 권력의 주된 원천, 즉 노동자의 노동으로부터의 자본 축적에 도전하는 특별한 역할을 한다. … 단지 노동을 거부하기만 해도 전체 시스템을 무너뜨릴 수 있는 힘은 이 사회에서 자본가들을 제외한 다른 집단에는 없는 수단이다."

다른 모든 책처럼 《사회주의 ABC》에도 한계가 있는데, 그것은 미국에서 출간되었기 때문이다. 이 책의 저자들은 칠레의 아옌데, 이란의 모사데크, 과테말라의 아르벤스 등 진보적 정권과 주변부의 저항 운동을 미국이 어떻게 붕괴시켰는지를 다룬다. 그러나 그 운동들의 성격이 사회주의와 얼마나 밀접한지는 잘 보여 주지 못한다.

이 책의 마지막 장은 사회주의 사회가 자본주의의 변화무쌍함과 다양함을 따라갈 수 없는 단조롭고 지겨운 세상이 아닌가 하는 의문에 답하면서 자본주의 사회가 주는 흥분은 우리의 삶이 송두리째 무너지는 경우의 경험일 뿐, 최소한의 삶이라도 유지하기 위해서는 단조로운 활동을 더 많이 해야 한다는 역설을 보여 준다. 그리고 사회주의 사회에도 많은 변화가 있으며, 그 변화는 자본주의에서와는 다르게 사회의 낮은 곳에 있는 이들이 스스로 행동함으로써 가능하다는 점도 강조한다. 이런 행동은 절망과 단조로움을 넘어서는 설렘을 가져다준다. 이 책을 통해 사회주의를 알게 되는 이들에게도 이런 설렘이 있기를 기대한다.

2017년 1월

한형식

옮긴이 **한형식**

저서로 《맑스주의 역사 강의》, 《현대 인도 저항 운동사》, 《인도 수구 세력 난동사》(공저), 《처음 읽는 독일 철학》(공저)이 있다. 번역서로는 《공부하는 혁명가》가 있다.

사회주의 ABC

2017년 1월 26일 초판 1쇄 발행
2017년 3월 27일 초판 2쇄 발행

지은이   바스카 순카라 외
옮긴이   한형식

편집   김삼권 조정민 최인희
디자인   정은경디자인 (한국어판)
인쇄   ㈜미광원색사
종이   ㈜한서지업

펴낸곳   나름북스
펴낸이   임두혁
등록   2010.3.16. 제2010-000009호
주소   서울 마포구 동교로 18길 31(서교동) 302호
전화   (02)6083-8395
팩스   (02)323-8395
이메일   narumbooks@gmail.com
홈페이지   www.narumbooks.com
페이스북   www.facebook.com/narumbooks7

ISBN   979-11-86036-28-0 03300

이 도서의 국립중앙도서관 출판예정도서목록(CIP)은 서지정보유통지원시스템
홈페이지(http://seoji.nl.go.kr)와국가자료공동목록시스템(http://www.nl.go.kr/kolisnet)에서
이용하실 수 있습니다.(CIP제어번호: CIP2016032710)